一键查询你的精神状态！

正式被确诊

夏生 ◇ 主编

新世界出版社
NEW WORLD PRESS

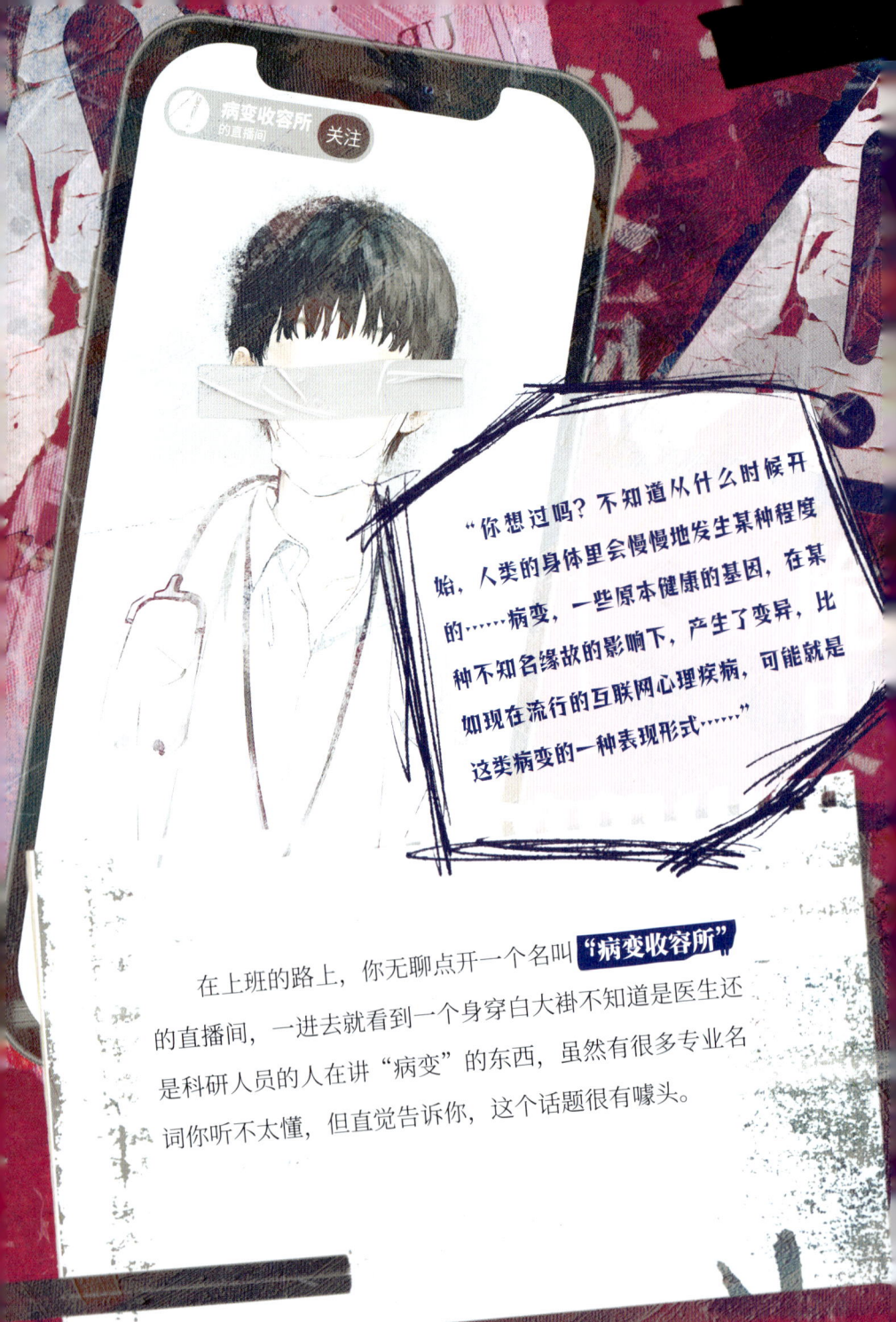

病变收容所 关注

"你想过吗？不知道从什么时候开始，人类的身体里会慢慢地发生某种程度的……病变，一些原本健康的基因，在某种不知名缘故的影响下，产生了变异，比如现在流行的互联网心理疾病，可能就是这类病变的一种表现形式……"

在上班的路上，你无聊点开一个名叫"病变收容所"的直播间，一进去就看到一个身穿白大褂不知道是医生还是科研人员的人在讲"病变"的东西，虽然有很多专业名词你听不太懂，但直觉告诉你，这个话题很有噱头。

你是一名见习记者，每天的工作就是在互联网上寻找有话题度和噱头的新闻素材，然后把它们撰写成新闻，发布到某平台上。眼前这个"病变收容所"让你来了兴致——"收容所"会不会为了多收容病人故意炒作或者人为制造病例呢？在跟领导简单汇报后，你决定伪装成护工前往这个"收容所"展开调查。

很快，你通过了"收容所"的面试，以护理人员的身份入职。隔日，你来到"收容所"报到，位置有点偏僻，你费了点工夫才找到地方，没想到站在门口迎接你的不是工作人员，而是一个穿着病人服的病患。

真是个奇怪的地方。

来人自称是01号病变患者，因为"收容所"人手不够，凌医生又抽不开身，所以才让他过来接你。你刚想问凌医生是谁，01号就岔开了话题，给你介绍起了"收容所"的相关情况。

你一边听着01号的描述，一边打量着这里的一切。来之前你以为这里会是类似于精神病院的地方，可真的进来了，你发现这里跟你想象的完全不一样，每个病患看起来都很宁静平和，但仔细观察又会发现，他们的行为举止很怪异，有种说不上来的古怪，你越发觉得这个"病变收容所"不简单了。

获得道具【调查日记】【病历档案】【病患文件袋（内含7件道具）】

接下来，你将从"病变收容所"的部分病患入手，调查这里的病人是否有问题，请在阅读完【病历档案】后继续往后阅读。

玩法指引：

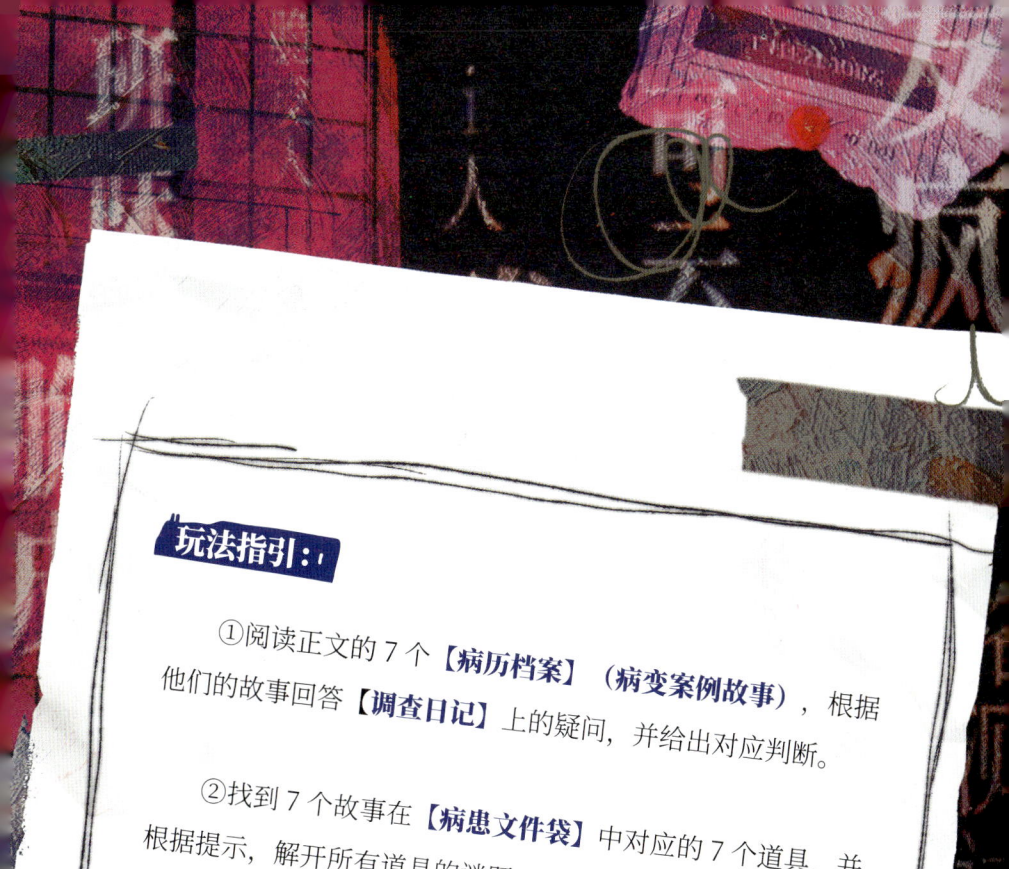

①阅读正文的 7 个【病历档案】（病变案例故事），根据他们的故事回答【调查日记】上的疑问，并给出对应判断。

②找到 7 个故事在【病患文件袋】中对应的 7 个道具，并根据提示，解开所有道具的谜题，可在完成谜题后扫描右下角二维码核对答案。

③最后**根据 p239 的提示，获得彩蛋道具**，完成测试。

目 ★ 录

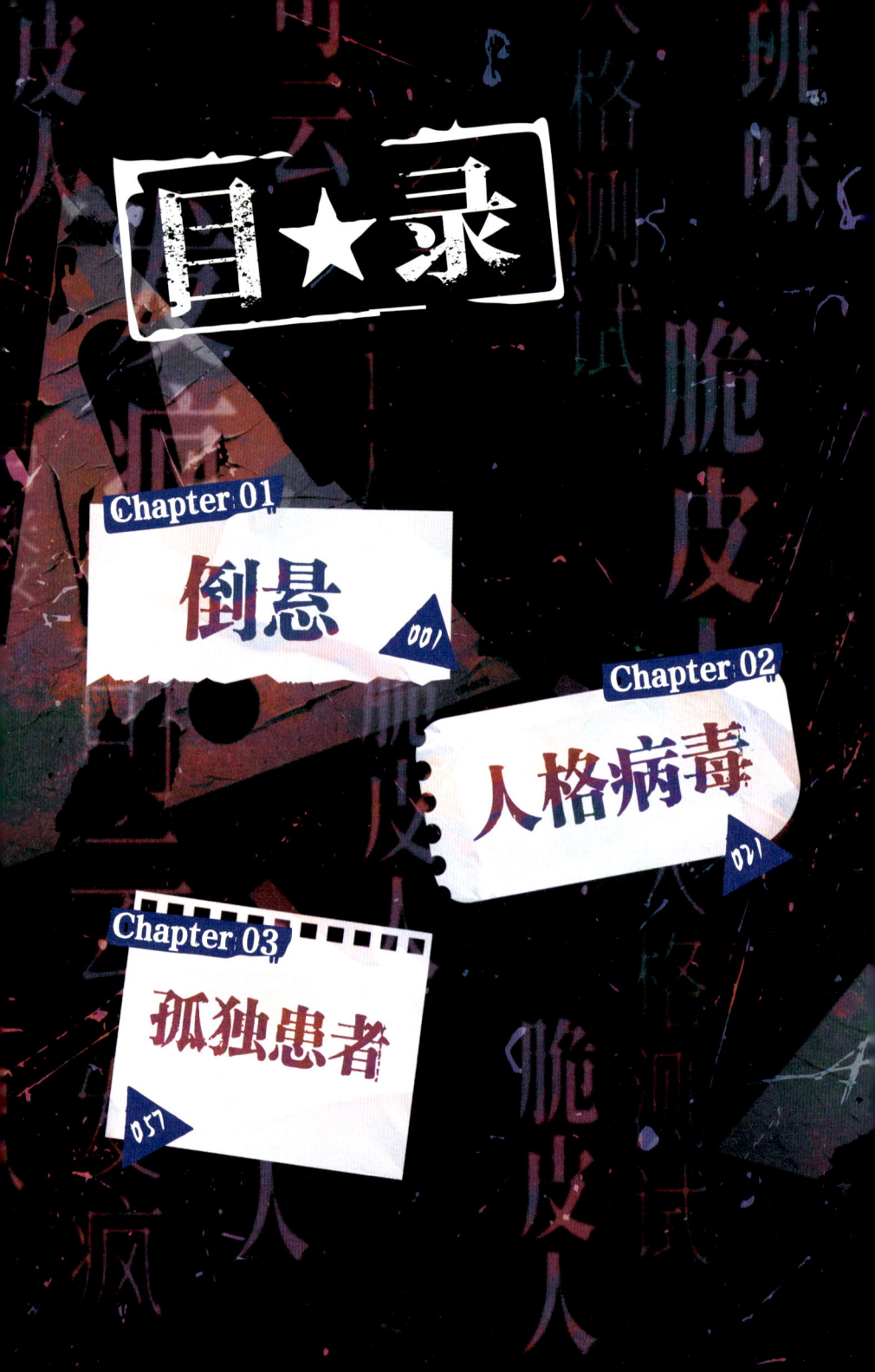

Chapter 01
倒悬 001

Chapter 02
人格病毒 021

Chapter 03
孤独患者 057

Chapter 04
32号病人
105

Chapter 05
成为你
143

Chapter 06
莎士比亚的猴子
191

Chapter 07
寄生爱情
217

欢迎来到
"病变收容所"!

Chapter 01

病变患者：秦臣 / 谢三思

病变起因：谢三思

正式被确诊为哥控

倒 悬

病变级别：EX

诊断人　魏辽

在我接你回家之前，兔子就是哥哥，它会一直陪着你。

绝★密

绝密资料，严禁外传。

Chapter 01
倒 悬

作者 魏辽

作者介绍 喜游码字怪。

"故事要从我和谢三思一起养的那只兔子说起。"

秦臣的脸上浮现出一丝怀念的恬淡笑意，坐在他对面的女记者却显得很紧张。望着她吞咽抿嘴的细微动作，秦臣语气柔和地宽慰道："你能来找我，就是确信这个世界已经没有'连环杀手'谢三思了，他已经永远消失了，生物学意义上的……不是吗？"

窗外淅淅沥沥的雨声一定程度上舒缓了她的情绪，女人觉察到了自己的失态，略带歉意地朝他笑了笑，点头示意秦臣继续说。

两人面前的热饮杯里冒出甜腻的香气，乳白色的氤氲气体飘散开，她张口贴住了杯沿，视线里秦臣的眼睛忽然被铺天盖地的白色遮蔽，一刹那，她只能看见那两瓣镶嵌在男人苍白面庞上的嘴唇一开一合：

"那年我还在上中学，当然，有着和我一样面孔的谢三思也是这个年纪。"

孪生

是的，我刚才说了，我和谢三思共同养了一只兔子。在此之前，我从未与这个和我一母同胞的兄弟打过照面，但这不妨碍我知道他的存在。

很令人费解吗？假如我说孪生感应，是否会帮助你将我们那时特殊的联系方式理解得更直观一点？我和谢三思的交流途径就是这样，用自己的情绪影响到千里之外的另一个人，哪怕我们素未谋面。

这是血脉相连带给我们的天赋。

有时候，我认为我和谢三思共享着同一个灵魂，身躯不过是将我们一分为二、割裂开来的容器，本质上，我们仍然是一个人。

随着年龄的增长，我们的沟通似乎越发地通畅，最初我们只能感受到不属于自己的汹涌情绪，后来我们可以传递更为细致的信息，具体到结合心境能够揣测出对方经历的事件内容，你不相信？

没有相似经历的人很难共情这样的经历，没有关系，第一次清晰地感知到谢三思遭遇了什么事情时，我也觉得难以置信。

他在挨打。

我的弟弟童年有三分之二的时间都在挨打。

正式被确诊

这就不得不提到另一件事，对于我姓秦，和我一胎双生的兄弟却姓谢这件事，你就没有一点疑问吗？好吧，你说得对，你很好奇，但是不方便问。

感谢你的礼貌和体贴，这事说出来确实不太体面，其中涉及上一辈的恩怨，就是你想的那样，解释起来很麻烦。言简意赅地说，我的弟弟被父亲心怀怨念的前妻偷走了。这算家族丑闻了，所以从未对任何外人透露过。

那个不能生育的女人在成为母亲这件事上显然是失职的，当她察觉到谢三思的容貌越来越像她生命中最憎恨的男人时，她开始虐待他。

"所以他杀了她？"女人急切地猜测道，"可是那桩登上各大新闻头条的惨剧不是以自尽结案了吗？"

"你知道那件事？这很好，我不用在解释案件详情上浪费太多时间。但是别急，我还没有说到那里。"我低眉垂目扫过她压在手下的笔记本，示意道，"接下来我说的每一句话，你都可以开始记了。"

拔去笔盖的笔尖在雪白的横条纸页上留下了刺眼的痕迹，她看上去跃跃欲试。

联络

在我更年幼的时候，某一天偶然起夜时，我撞破了父亲的秘密。

书房的门虚掩着，明亮的台灯光线中，他与母亲争执着什么，激烈的言辞间提到了"那个孩子"和"那个女人"。母亲同父亲的交谈戛然而止，紧接着，她情难自抑地捂着脸痛哭起来。

在我有限的记忆中从未见过她如此失态的模样。

秦家的女主人无论何时都必须保持优雅从容，因为她代表的不仅是自己。我们家令人窒息的规则不止这一条，她却将这条贯彻得最好。我很少从那张精心保养过的面庞上读出什么情绪，一直以来，她都是阴郁而美丽的。

然而她的矜持和冷淡，在那晚凋谢殆尽了。

你已经猜到了，他们的交谈内容与谢三思有关，在那一晚我明白，被当作继承者培养的我，原来并不是这个家庭的独生子，我还有个素未谋面的弟弟。也是在那一晚，我下定决心要找到他。

一个人融进茫茫人群里，就像一滴水汇入了辽阔无边的大海，从海里分辨出一滴水，谁都清楚这有多荒谬。

可是对我来说，这易如反掌。因为我感知得到他的存在，此时此刻，他在哭还是在笑。

我尝试和他对话，第一次总是不容易，他回应了我，其间的感应中断过许多次，好在最后的结果是好的。

我们把这种交流方式叫作脑质会话。

跨越千里的距离，穿越过无数张陌生脸孔构成的人流，像是一阵飓风，超能力般准确无误地投射给我们彼此，也只有我和谢三思能够接收到这束来自对方的神秘信号。

他过得很糟糕，那个女人酗酒后就会殴打他，谢三思被

正式被确诊

关在门廊外彻夜吹着冷风哭泣,我准确地解读了他告知我的信息:救救我。

可在当时,两个少年能做什么呢?我并不打算将我正在做的事情告诉任何人,这种事求助于思子心切的母亲就没有悬念了,我要给她一个惊喜。

媒体都认为,谢三思是在那起震惊三地的养母投毒自尽案案发以后得到了曝光,得益于那张出现在镜头前与我别无二致的脸,才有机会认祖归宗,回到秦家的。

我要说的是,并非如此。

在那之前,我就和谢三思见过面了。花了七个小时的车程,我独自乘坐长途客车,去往谢三思所在的城市,在那里,我们望着对方的脸,都感到了喘不上气的惶恐。

我带他吃了饭,一起去看了当时最受欢迎的卡通电影,我给他买了许多东西。谢三思很腼腆,不太说话,路上一直叫我哥哥。他那时候还很矮,只到我的肩膀。

由于长期的营养不良,我的弟弟看上去像一根头重脚轻的豆芽菜。

他是想跟我走的,可我知道,时机不成熟,他回不来。

你明白的,我们这样的人……我是说家族,祖母把脸面看得比什么都重要,秦家的女主人无论何时都必须保持优雅从容的规矩,就是她立下的。谢三思不清不楚地回到秦家,也不会被轻易接受。

我告诉谢三思,再忍一忍,哥哥一定会让他回家。我问他相不相信我,他瘦黄的脸上镶嵌着两只噙着泪花的眼睛,亮亮的,像一汪载满了星星的池水。他望着我,拼命点头。

临别前,我给他买了一只兔子。

不是什么名贵的品种,是我们偶然路过一家菜馆碰到的,菜馆门口有一只竹编的笼子,里面是食用肉兔。谢三思牵着我的手,一步三回头。

我的弟弟就是这样一个悲悯善良的小男孩,哪怕自顾不暇,他仍然渴望拯救另一条即将消逝的生命。

我花了五十块钱,买下了那只兔子送给他。

我说,在我接你回家之前,兔子就是哥哥,它会一直陪着你。

兔子

谢三思的养母,也就是我父亲的前妻……那个女人一直患有很严重的精神疾病,十几年来反反复复。在家里,她像是一个不可与人言说的诅咒,她和父亲短暂的婚姻更是每个人讳莫如深的禁忌。

我也是后来才知道,她嫁给父亲的时候还很年轻,当然,父亲也是。那是他如履薄冰、按部就班的生命里,有且仅有的一次违背祖母意愿的决定。

他娶了她,一个姿容姣好却家境普通、无法给父亲的事业和家族的生意带来任何助力的平凡女人。爱情的狂热在婚后渐渐冷却,他们的意见出现分歧,生活习惯上的差异逐渐显露。不过这还不至于彻底摧毁父亲一生只此一次的勇敢和

正式被确诊

信心。

真正让这段关系万劫不复的,是那个女人的身体,她无法生育。

祖母终于能够名正言顺地让她从这个家里滚出去,迎进她精挑细选的大家闺秀——我的母亲,让她成为新的女主人。

父亲不再有底气讴歌他的爱情,在家族的压力下,他几乎落荒而逃,仓促地和女人离了婚。

补偿问题我不清楚,他自觉亏欠,应当没有在钱财和吃用上短过那个女人。可他不知道的是,在她离开秦家的时候,那个女人其实已经怀了一个孩子,两个月了。

所谓不能生育,是一时疏忽的误诊。

她不知道自己怀有身孕,孕期仍然滥用药物酒精,糟糕的生活习惯让她失去了这个孩子,永远失去了再次成为母亲的资格。

因此,两年后,怀着浓烈的恨意和不甘,她偷走了谢三思。

她以为谢三思是独子,她以为失去这个孩子会让父亲痛苦,她故意让监控探头拍到自己行窃的过程,希望教训薄情寡义的父亲和翻脸无情的祖母。但让她始料未及的是,母亲这一胎生下了两个男孩。

我的存在一定程度上削弱了谢三思失踪后带给秦家的打击。

我说了,我们这样的家庭,脸面是比什么都重要的,如此大的丑闻传出去了,也许会影响第二日的股市。无论如何,不能让外面鬣狗般闻风而来的记者觉察,祖母拍板封口,不许向任何人提及谢三思，因此这么多年，连我自己都以为，我是父亲唯一的孩子。

抱歉，话题跑得太远了……说回兔子。

那只本该成为食物端上餐桌的兔子，成了谢三思水深火热的生活中仅存的盼头。

他将它照顾得很好，夜里也要抱着睡，我能感觉得到，他在脑质会话时向我提及自己的近况，其中穿插一些简单的形容词，说得最多的还是兔子。

兔子吃了，兔子睡了，兔子舔了他的手指。

讲到兔子，谢三思很幸福。

他说："哥哥，抱着兔子睡觉让我觉得自己好像回家了，兔子的皮毛很温暖，有柔和的草腥味，但妈妈说那是臭味，妈妈想要扔掉它。不止一次，她企图伤害它，我很担心。"

这样的日子持续了很久。

那年入冬下了场初雪，我刚下小提琴课，猝不及防的震怒和悲伤让我剧烈地颤抖起来。这股不属于我的情绪简直要把我吞没……我传递给谢三思的询问没有回应。

我的手不受控制地哆嗦到了后半夜，在床上辗转反侧无法入眠之际，脑质会话终于传来了回音。虽然看不见他，可我知道他在哭，我的弟弟悲恸地告诉我，兔子死了。

醉酒后的女人提着兔子的耳朵，把它丢在了谢三思的面前。兔子的身体已经僵冷了，落地时发出一声"咕咚"的闷响。

谢三思低下头，两眼发直地盯着地上死去的兔子，他张开嘴，半天没有发出声音，好一会儿，他沙哑地惨叫起来。

正式被确诊

"哥哥，救救我……救救我……"那是我第二次清晰地接收到他的求救信号，旋即如排山倒海呼啸而来的，是冲昏了脑袋的怨恨，我想也可以称呼那种情绪为——杀意。

回家

一个精神不稳定、常年深居简出、虐待儿童的女人死了。

她没有求生意志，甚至死了还要拉一个没有血缘关系的儿子垫背，新闻上是这么写的，而所有人也都接受了这个官方的解释。

倘若换个角度呢？

一个可怜的男孩，从降生的那一刻起就没有被他视为母亲的人善待，她用各种工具殴打他，拖鞋、扫把，有时候是水杯，随处可见的那种杯底很厚的玻璃水杯。她用茶杯大力地击打他的头，这导致他的记性一直不是很好。

他的身上总是新伤叠旧伤，那些瘀青使他无法被同龄的孩子们接纳，最后，她还杀了男孩唯一的精神寄托，这个可怜的孩子终于崩溃了。

他在她的酒里放了东西，就是后来尸检报告里说明的成分，看得出你对这件事很感兴趣，他放了什么你应该比我更清楚。她死了，他却没有感到开心，通过脑质会话，他惊慌失措地问我怎么办——

"于是，你教唆了他……"坐在我对面的女人忽然嘴唇颤抖着喃喃道。

Chapter 01 倒悬

教唆吗？说得有点太难听了。是我拯救了他，我纠正道。

我对谢三思说，很简单，你也喝一口吧。然后我会救你，你相信我吗？

他相信我，他无条件信任我。所以，他喝了一口养母杯中的酒。酒是他自愿喝的，还是女人逼他喝的，谁知道呢，死人不会开口为自己辩驳。

后来的事所有人都知道了。

我拨了跨市电话，救了命悬一线的谢三思，面对镜头，我的回应是："不知道，莫名其妙的感应，冥冥之中，与我血脉相连的弟弟也许在向我求救。"

双生子的心电感应，多奇妙，噱头十足，连你也很关注如此奇闻，不是吗？

这段传奇经历被大肆播报，占据了报纸的头版，第二日秦氏的股价暴涨，谢三思终于可以名正言顺地回家。

一箭四雕，父亲、母亲、谢三思，还有那个女人，我做了他们每个人朝思暮想的事，是我成全了他们。

谢三思回到家里的时候很拘谨，他站在有石膏浮雕的雪白门廊下一动不敢动，抱着他脏得油光锃亮的破烂书包，里面装着他十几年来得到的全部：几件旧衣服。

关起门，母亲搂住他瘦得硌人的身体哭了。

我站在台阶上没有动，视线穿过宽阔的客厅落在他身上，他被母亲拥在怀里不为所动，微微仰起脸，和我的视线交汇了。

谢三思看着我，略微空洞的眼睛里蓦地滑下了两道委屈的眼泪。

正式被确诊

我说:"欢迎回家。"

青春期

谢三思回家了,他的姓却没有改回秦姓。

理由很简单,热点是会随着时间被冲淡的,名字则不会无故消失,谢三思这三个字已经牢牢和他前半生悲惨的遭遇以及后来神乎其神的双生子感应捆绑。每在人前唤起一次,他跌宕起伏的人生就会在大众视野里被提醒一次。

秦家在消费他的苦难,我无法否认。

他不喜欢这个名字,抗拒被所有人叫起,除了我。

回到家的谢三思仍是那个沉默寡言的腼腆孩子,家里的气氛太过沉闷压抑,祖母对那个女人恨之入骨,也恨跟她生活了十几年的谢三思。她的挑剔让谢三思诚惶诚恐,他木讷、笨拙,像是才入世的小动物,畏缩着躲在我的身后,怯生生地叫我:"哥哥……"

我们同龄,母亲给他办理了我所在学校的入学手续,将他插进了我的班级。

谢三思的头受过伤,所以他很笨,课本上复杂的知识他从来都学不懂,可是他也很聪明,生物课上,只有他制作的标本最干净漂亮。

他喜欢实验室里的鱼缸,隔着玻璃,里面的观赏鱼拖曳着宽大鱼鳍游过恒温的水。他呆呆地望着它们毫无生气的眼睛,有一瞬间,他觉得自己也在被凝视。直到他情不自禁地把手伸进去，徒手抓住了一条金鱼，湿滑的鱼在谢三思的手掌间剧烈地挣扎，老师暴斥道："你在干什么？"

匆忙回过神来的谢三思像做错事的孩子，条件反射般甩手丢开了那条鱼。鱼抛掷出去，落在光滑的地面上，尾巴拍打着那块瓷砖。

"噼噼啪啪，噼噼啪啪。"

嘈杂的课堂上猛然沉寂，所有人都不由自主地看向那条垂死挣扎的鱼。

他看向我，六神无主的惊慌神情被诡异的镇定取代，教室里安静得可怕。老师批评了他几句，碍于他的特殊身份，言辞算得上柔和，允许他回到座位，回到我身边。他坐了回来，贴近我的耳畔，他说："哥哥，我刚才看见第三排靠着洗手台的那个女孩子，好像喜欢你。"

谢三思的眼底也升起了一簇火，像是点着了干柴，我听得很真切，那火烧得很烈。

"噼噼啪啪，噼噼啪啪。"

> 火苗

听到这里，女记者屏住了呼吸，好一会儿才舒出一口长气。

秦臣的叙事口吻很有代入感，他的声音很好听，语气和缓，娓娓道来，那噼啪作响的异动如同剪开了时间的隔膜，再度清晰地回荡在她耳边。她定了定神，飞快翻阅起手中的笔记本，找到了来会面之前做好的功课。

"谢三思公开承认的第一个猎物，是一个叫戚叶的女孩，对吗？"她问。

秦臣颔首，尽管这个微动作看上去更像他是为了饮用杯里的热饮而做出的，女记者还是觉得这是认可的意思。在秦臣喝水的间隙，她见缝插针地抢过了话头。

"他给出的理由是戚叶的身材矮小，便于控制，她的父母忙于工作，很少照看她，夜不归宿也不会被人立即发现，于是拿来练练手。"她大着胆子分析道，"谢三思撒谎了，这根本不是他动手的真实原因。他口中'好像喜欢你'的女孩就是戚叶吧。多年前，他会为了一只兔子对养母痛下杀手，所谓'兔子'已经成了哥哥独有的符号。多年后，戚叶让他有了危机感，即哥哥会属于另一个人或哥哥不再完全属于他，他拒绝和其他人共享你，哪怕一点，于是，他除去了第二个'养母'。"

倾斜的杯体遮挡了秦臣的脸，他的嘴对着杯口，话音被聚集在短窄的杯中。

"他太冲动了。"

从他的话中，女记者听出了两分惋惜之意。挪开热饮杯，秦臣仍是那副温和礼貌的模样，没有对她的结论作出任何评价，他自然地岔开了话题。

"我劝过他，没有用，木已成舟，我能做的只有把这件事带来的影响降到最低。"秦臣把食指放在膝盖上，轻轻敲了敲，呢喃道，"你都做了些什么？谢三思？"

这里没有第二个人，可他仿佛在和谢三思对话的语气让女记者不寒而栗。

"我得知这件事的时候，这么问过他。"秦臣没有看她，专注地盯着自己膝上跳动的指尖，"他深深地低着头嗫嚅着，含糊不清地对我说了声'对不起哥哥'。好吧，我就这样原谅他了，谁让他是我的弟弟。我教他怎么清理掉所有不该出现的痕迹，像用更浓的墨渍一点一点地掩盖油彩布上不完美的瑕疵，再重新用排刷涂抹出新的颜色，红的、绿的，覆盖出我们想要看到的绚烂图案。你喜欢石蒜吗？盛开的红石蒜，在光线不好的时候，每一根蜷曲的花瓣都模糊成一团朦胧的雾色，谢三思和我都很喜欢。"

"你是他的共犯。"她失神道，"你也是……"

"有时候，我是主谋。"秦臣淡淡地打断了她，"谢三思很笨，可他又是那么聪明，他总能读懂我的眼神，也只有他知道我想要什么。火苗烧起来，烧到我这里，我们都在火里。我望着他，火光映亮了他手里紧握着的那把银色的小刀，不长，但很锋利。"

"他用它刺进什么的时候，脑质会话都会把他的兴奋如实传达给我，他没有开口，他带着期许和忐忑，不安地问我：'这样可以吗？'"秦臣说。

"'可以，当然可以。'谢三思做这样的事越来越熟练了，他的心思缜密到不需要我的干涉也能处理得不留痕迹了。他在家门口的院子里种了很多红石蒜，悉心地照料它们，就像照料很多年前的兔子。我们都爱在下雨天泡茶，隔着那扇玻璃窗去欣赏院子里摇曳生姿的花朵。"

正式被确诊

顺着秦臣的目光，女记者偏转过脑袋，看见了园圃里光秃秃的花枝。

这不是石蒜盛开的季节，然而只要一想到这花意味着什么，她的喉咙里就泛上一阵酸水。

"谢三思不是凶手，你才是。你利用了他。"她失声叫道，"从你第一次独自去见他，你用微不足道的施舍博取了一个脆弱自卑的少年的信任……脑质会话不过是你操纵谢三思的工具，那只兔子就是你驯化他的工具。在他每一次遭受到养母身体和精神上双重的摧残时，你用脑质会话逐步瓦解了他的自我意识，你卑鄙！"

"自我意识？他是我，我是他，我的意识就是他的意识，我们共享你口中的'自我意识'。"秦臣没有被她尖锐的态度刺痛，温和地解释道。

"谢三思养母的死是你的试探，什么接他回家，骗子！"她激动地说。

"抱歉，我需要纠正你的措辞，谢三思不会喜欢你的说法。"秦臣不卑不亢道。

"至于戚叶，也是你的忠诚测试吗？不，是他自愿的……你说得对，从谢三思回家的那一刻起，你们就共享了自我意识，那么之后的人呢？他们和你没有直接的联系，谢三思的官方回应是即兴作案……我不信。"她精神恍惚地自语起来，沉浸在秦臣口述的故事中，她也分辨不清其中的虚实了，"我竟然试图理解两个疯子。"

Chapter 01 倒悬

石蒜

"谢三思滴水不漏的手法让他或者说是'我们',相安无事地度过了这许多年,我却厌倦到了极点。"秦臣伸长胳膊捞过了女记者写得密密麻麻的笔记本,颇为满意地翻了两页,"我一直认为,我们是一个人。在你的访谈开始之前,我就表达过我的态度,身躯不过是将我们一分为二、割裂开来的容器。脑质会话为我们省去了不少事,在他被关押期间,我们依旧用脑质会话交流着。"

"来到我的身体里吧,三思。我们合二为一,这个世界上再也没有那个丧心病狂的谢三思,有的只有我,还有和我永远在一起的你,好不好?我征询了三思的意见。"秦臣说,"我问他怕不怕,他说不怕,他相信我的判断,相信当他的血肉实体消逝,他会成为我,我们都很期待。"

"你……你在利用过他之后,就将他舍弃,你牺牲他,不惜编造这样合二为一的谎话骗他为你伏法。"女记者的呼吸变得困难,身体沉重得不听使唤,她后知后觉地发现那杯热饮另有蹊跷,但已经太晚了。

"我拒绝了所有其他媒体的采访,唯独接受了你的专访,且只允许你只身前来,除了记笔记外不许出现第二种记录方式,你猜是为什么?"秦臣悠然地合上了她的笔记本,"我需要有人书面记录我们的故事。你觉得我欺骗了谢三思?不,我没有,我说的都是实话,我给了他选择的机会。"

"是成为我,我们将彻底地拥有彼此,还是继续做这个

正式被确诊

二分之一灵魂的谢三思？他没有丝毫犹豫，果断地选择了前者，最后一次犯案的破绽是他有意为之，给侦查员留下的线索。而你，你凭什么替他鸣不平？"秦臣一贯谦和的脸上露出了奚落的冷笑。

女记者在谢三思行刑前曾见过那个木讷呆滞的年轻人一面，他看上去安静而无害，全然不如秦臣描述中的偏执可怕。可此时此刻，秦臣露出的陌生表情却令人惊异地意识到，在她面前的人也许才是谢三思。

两个人拥有完全一致的脸孔，神态的区别竟如此分明。

"已公布出去的狩猎成果是多少？"他问。

"六个人。"她的腿抖得厉害，舌头僵硬，含糊不清道，"算上谢三思……不，算上你的养母……现在是七个。"

"想不想挖一下那片红石蒜？"他意味深长地笑了。从他身后的暗室门里走出一个与她身形相似的女孩，穿着和她相同的呢子大衣牛仔裤，连鞋子都是同一个牌子。

她对她笑了笑，狡黠地眨了眨眼。

——还有更多，更多，没有见光的人。

尾声

"奇怪，她从这里离开以后上了一辆没有牌照的车，再也没有回去。"负责查案的督察扶正了帽子，视线始终锁定在秦家宅院门口模糊的监控画面上，"她走的时候有说什么吗？"

"不清楚,她走得很急。"秦臣略带歉意道,"那天晚点儿我有一场非常重要的商务洽谈,没有过问太多。"秦臣眉头紧锁着回忆了片刻,拇指轻轻摩挲着自己的下颌骨,凝重地开口道:"她好像说,要买一束花回去。"

END

正式被确诊

【调查日记01】

调查对象： 秦臣

调查结果： 胞质对话让他和失散多年的弟弟联系上，改变了弟弟不幸的命运，但同时也激发了他内心的阴暗面，操控着弟弟做了许多不好的事。

备注： 现在的哥哥到底是秦臣还是谢三思？一切的真相是什么？女记者为何失踪了？（请用弟弟谢三思的视角，整理这个故事的来龙去脉。）

获得道具：女记者的笔记本。

Chapter 02

病变患者：何文心

病变起因：陈琦

正式被确诊为 INFP

人格病毒

病变级别：R

诊断人　北邙

没想到吧，精神世界也可以像物理世界一样，传播病毒。

绝★密

绝密资料，严禁外传。

Chapter 02
人格病毒

作　者　北阡

作者介绍　知乎人气作家，最擅长脑洞怪谈，自称世界第一勤奋写手，号称永不拖更。

⚠

　　早上睁眼起床的时候，我看到陈绮穿着一件宽大的白衬衫，坐在床边书桌前的一把大椅子上。她把椅子转了过来，下巴搁在椅背上，脑袋歪着，一双眼睛笑嘻嘻地看着我。
　　"醒了？"她问。
　　我张了张嘴，却没有回答，只是神色复杂地看着她。
　　"看我干什么？"
　　她的语气很轻快，低头看了看自己，栗色的高马尾在空气中甩过一个漂亮的弧线，然后抬起头，鼻子轻轻一皱，露出人畜无害的灿烂笑容。
　　"该不会是本大小姐太好看了，你动了什么歪心思吧。"
　　我把目光移开，索性装作没有听到的样子，随手拿起床头的遥控器，打开了电视。

就和约会最佳的地点永远是电影院一样，如果害怕尴尬的话，就让画面和声音将两个人之间的空白填满就好了。我觉得在这个时候，早间新闻一定会是个很棒的选择。

果不其然，很快，她的注意力就被屏幕上的报道吸引了。

"哇，你看，新闻上说今天是个出门的好天气呢，要不然我们不要上班了，你带我去游乐园玩吧。"

她兴高采烈。

我抿了抿嘴，并没有理会她的意思。

她却好像一点都不在乎的样子，继续大惊小怪地叫嚷着。

"不不不，等一下……你看，有警方通报，说昨天有个犯人从看守所越狱，现在还下落不明呢，呼吁市民朋友在看到之后记得及时通知他们。听起来好危险啊，要不然我们还是别去了吧，万一遇到坏人，我怕你跑得还没我快。"

不，无论危不危险，我都不会带你去的。

内心吐着毫无营养的槽点，我懒洋洋地从床上爬起来。她却好像能听见我内心的话似的，嘴巴顿时嘟了起来，顺手拎起椅子上的抱枕，冲我的脑袋砸来。

我下意识地侧头躲过，没有反击，而是自顾自地走向了卫生间。短短五分钟，一气呵成地完成了刷牙、剃须、洗脸这些烦琐的步骤之后，我重新回到卧室，从衣柜里取出一件昨晚早就熨好的整洁白衬衫，搭配上一条我最喜欢的西装裤。很快，当我再次出现在镜子前，已完成了从一个通宵打游戏到凌晨三点导致睡眠严重不足的红眼睛宅男到人模狗样的社会精英白领的优雅蜕变。

正式被确诊

每次看到镜子里焕然一新的自己，我都不由得感叹人类科技进步所带来的神奇。

把最后的领带系好之后，我打开手机一看，估摸着已经没有在家吃早饭的富裕时间了。顺手从沙发上拎起昨天扔在这儿的公文包，我站在玄关处，一手扶墙，匆忙换上皮鞋。

"你还是要去上班吗？"

不知道什么时候，她换上了可爱的玩偶睡衣，正靠在卧室的门边看着我，委屈巴巴地轻声说道。

我犹豫了一下，还是回过头来，直视着她的眼睛。

清澈，透明，瞳仁像是一颗璀璨夺目的黑宝石，好看得不可方物。

即使这几天已经看惯了，可我仍忍不住赞叹。

人的思维和记忆真是一种有趣的东西，似乎可以以时间为催化剂，缓慢却真实地将很多东西予以美化，就比如现在我眼前的她——如果拿研究生时候的照片出来比对的话，不难发现，虽然仍称得上是个美女，但那时候的陈绮，远远不如现在我眼前的这位风情万种。

我看着她，缓缓开口。

"你到底想要做什么？"

在这一个礼拜的时间里，这已经是我第四十七次问这句话了。

她的反应丝毫不出我所料，歪着脑袋，露出好奇的表情，好像没听懂我在说什么一样，但是在她的眼睛深处，不难看出一丝丝的奇异在闪烁。

如果不是出于一些特殊原因的话，我恐怕早就已经不耐烦地对她采取一些极端的删除手段了，要知道，这对于我来说并不是什么困难的事情。

对视了五秒之后，我选择了放弃。不是因为我软弱退缩，而是因为她可以在这里跟我耗上整整一天、一个礼拜，甚至一个月的时间，这些都无所谓，可我如果再不出门的话，就要赶不上今天的公司打卡了。

转身走出玄关，我回过头，伸手将门带上——就在这最后的一瞬间，我通过缝隙看到她靠在墙上，冲我露出一丝苍白无力的笑容。

我的心猛地跳了一下。

下一秒，厚重的金属防盗门便随着我的手重重地合上了。

虽然只有不到一秒钟的时间，可这抹笑容像是深深地烙在我的脑海里一样，挥之不去。仿佛我并不只是普普通通地开始一天的上班，而是在这一走之后，从此我们两人便是红尘陌路。

这一瞬间，不知道为什么，我的心里好像被什么割开一样，竟然控制不住地疼了起来。

转过身来，我捂着胸口，压抑着自己重新打开门、再见她一面的冲动，慢慢蹲在了地上。尽管知道这种情感只是刚刚被她虚构出来，直接映射到我脑袋里的，可人类的感情就是这么奇怪的东西，它根本不受理智的任何约束，哪怕知道是假的、虚伪的，可心里却真真切切地可以感受到疼痛。

小师妹，真有你的……居然连感情都可以乘虚而入地随意操纵了啊……

我低头看着地上的影子，喃喃道。

可是，拥有了这样力量的你，到底是想要做什么呢？

2

我想，如果要解释清楚现在发生在我身上的一切的话，实在不是一件容易的事情。

如果站在非专业的角度，你可以简单地理解为——我被一个刚刚自杀身亡的美艳女鬼给缠上了。

但我不能这么说。

作为一名攻读了七年心理学的优秀毕业生、现任某上市公司的心理培训导师，用"鬼"来称呼我眼前的这个家伙，无疑是对自己所学的一种最大的亵渎。因为我和她都心知肚明，这根本不是什么鬼怪作祟，而是一场迟到七年的较量。

我早应该想到的，即使我早早地抽身离开了，可陈绮从来不是一个这么简单就放弃的家伙——我不应该天真到觉得可以通过自己的逃避来解决问题。

可我唯一没料到的是，她采取的手段居然是这么的决绝。

我想，故事应该从一周前的那顿晚饭开始。

那天晚上，陈绮——我读研究生时候的小师妹，一个七年来音信全无跟我没有半点联系的人，忽然出现在了我的公司门口，拦下了匆匆回家、准备配着早已备好的冰激凌加烤翅的组合、好好享受一晚前不久才忍着肉痛购入的全球最新

Chapter 02 人格病毒

款立体环绕家庭影院效果的我。

"师兄,我请你吃顿饭。"

她如是说。

简单明了的说话节奏,直接省略了毫无意义的寒暄和热络,七年的时间没有在她的身上留下任何改变的痕迹。江山易改,本性难移,也因此我带着一丝丝恶意的揣度,她应该还是单身才对,我不相信这样的女人能吸引到任何男人的目光,哪怕是被皮囊表象一时冲昏了头脑,可是没过多久,正常人都会及时抽身而退,以免把自己连骨头带血肉都葬送在这个"恶魔"手里。

可是鬼迷心窍的我居然没有拒绝。

"嗯……好啊。"

不愧是同出一个师门的兄妹俩。时隔七年不见,甚至连一声简单的问候都没有,就一路沉默着共同走进了隔壁一家随随便便挑选的西餐厅里。

从落座开始,她就盯着我,一言不发。

我则是假装毫无知觉地玩着手机。

谁先开口,谁就是输家,简单的心理学博弈而已,输人不输阵,我已经做好宁死不开口的准备。

滚熟的牛排上桌,我拿起刀叉,慢吞吞地切块。

她的面前则摆着一盘更为难缠的龙虾。我用余光瞥见她微不可见地皱了皱眉,这一点小发现让我忍不住心中窃喜,觉得自己似乎在某种意义上已经赢了半筹。

不再关注对面的女人,我像是一只螃蟹般挥舞着刀叉,

正式被确诊

简单快速地把面前的牛排分割成了最适合入口的小块。就在我轻轻叉起第一块战果，牛排的香味裹挟着烤白果木的微醺，渗透在我的唇齿之间的时候，她冷不防地忽然开口。

"师兄，还记得咱们当时的约定吗？"

约定？啥东西？

我险些被烫伤了舌头，顾不上嘴巴里的剧痛，瞪大了眼睛装傻。

她白了我一眼，低头剥她的龙虾。

开玩笑，这个时候提约定，我自己找死吗？

毕业七年，每天在公司里昏昏沉沉、荒唐度日，一张嘴就跑火车的唬人本事倒是练得炉火纯青，可是原本专业的水准却早就丢了十之八九了。而我对面这个人是谁，陈绮，天才中的天才，七年来谁知道她为了这个赌约憋足了劲都研究出了啥东西。我都已经想好了，要是她咬住不放，我立刻认输，爱咋咋地。

但是，比起大不了耍赖认输的约定，我更怕的是另一件事。

你知道的，作为一名专业的心理精神科的学生，我们最常见的实践技术，也是最考验我们操作水平的东西，就是……催眠了。

再加上我们之间的那点过节——

嗯，这么说吧，她当年以备受瞩目的天才之名来到我们师门的时候，出尽了风头，几乎每个学长学姐都在她手底下认了栽，丢足了面子，最后不得已之下，作为本门大师兄的我被迫请出马，跟她交了一次手。

Chapter 02 人格病毒

结果很惭愧，那时已经研三准备毕业的我，倾尽全力下了黑手，也不过是刚刚好略胜一筹，抢在她套出我的童年心理阴影，让我当着所有同门的面号啕大哭之前，趁其不备，把这个刚入师门的小丫头催眠在我们的研究室里，睡了足足三天三夜。

其实，刚把她弄睡着，我就后悔了。

催眠不是什么神奇的超能力，而是一种近乎精神上的共鸣。就在我偷偷摸摸潜入她的脑袋里，触碰到她的思维和灵魂的一瞬间，我就立刻明白了，这个又倔强又拼命的小丫头，是绝对不能轻易招惹的。

看吧，美女报仇，七年不晚。

我看似低头吃着牛排，实则始终在小心翼翼地注意着她的每个动作，浑身上下甚至警惕到了每一根头发丝里，生怕她的催眠本事早已出神入化，趁我稍有不备，就长驱直入，随随便便地侵入我的大脑中，把我的所有隐私翻个底朝天之后，得意扬扬地大笑着离开，留下我呆呆地蹲在凳子上，遵照她的指示对服务生学狗叫。

她拿起餐刀，不锈钢的表面上映照出我的影子，我一个激灵，立刻坐得笔直。

她抬头看我，问："你干吗？"

"没什么，没什么，坐久了脖子酸。"

我尴尬地笑。

她皱着眉头看了我一会儿，大概是想看一下我是不是这几年来已经患上了什么不治之症，不用她出手，我自己就已

正式被确诊

经兵败阵亡了。老天爷，保佑她这么想吧，让她直接带着胜利者的荣光离开吧。

不知道是不是我的祈祷真的有用了，一直到我们起身结账为止，这顿饭竟然就这么毫无波澜地吃完了，她抢先结了账，我试着争了一下，可她回头看了我一眼，我立刻就怂了。要知道，让女生请一顿饭只是面子问题，要是在拉拉扯扯的时候中了她的道，那一辈子可就毁了。

出了餐厅，她招手打了一辆车。

"那我就不送你了。"我觍着脸在后头笑。

"不用。"她的声音很冷淡。

"以后常联系啊，再来找师兄玩。"

我压抑着心中恨不得立马帮她关上车门然后让司机师傅一脚油门直接冲上高架再不回来的急切心情，冲她友好地挥挥手。

她愣了一下，然后冲我伸手。

我犹豫。

她直勾勾地盯着我，出租车已经停在了她的身后，司机师傅疯狂按着充满焦虑的喇叭。

我无奈，往前走了一步，也伸出了手。

我猜世界上再也找不到比这更加钩心斗角的握手告别了。

"再见。"她说，然后用力地握了握。

再见。我竟然也有了一点点突如其来的感伤。

"不，我是说，再，见。"

她重复了一下。

我没听懂她的意思。

但不知道为什么,我忽然觉得背后有一阵凉意袭来。

她松开了手,转身上了出租车,只给我留下一个潇洒的背影。

我低头,看看自己的手,掌心感受到的温度冰冰凉凉,但是触感居然出奇的柔软。

3

三天之后,同学群里传来一条消息。

"你们知道吗?陈绮死了。"

"怎么回事?怎么死的?好多年没她的消息了。"

"说是自杀,在医院,就昨晚,自己服毒死的,你知道最诡异的是什么吗?"

"什么?"

"听我在医院的一个朋友说,陈绮因为抑郁症已经在医院治疗好几年了,但是她的尸体被发现的时候,脸上居然带着笑容。"

看到这条消息的时候,我正坐在办公室的转椅上,舒舒服服地偷吃着薯片。看到群里消息之后的下一秒,我的笑容就僵在了脸上。

然后,我猛地抬头。

办公室的玻璃墙外,陈绮笑意盈盈,带着从来不属于她的青春活力和风情万种,透过千山万水、阴阳两隔,和我四

正式被确诊

目对视。

她甚至非常有礼貌地微微鞠躬，然后抬起头，冲我露出了俏皮的笑容。

这样的表情原本根本不可能出现在真正的陈绮身上。

我张大了嘴巴。

我终于知道，那天晚上，陈绮约我吃饭的时候，到底干了什么了。

这个女人，是个彻头彻尾的疯子吗？！

她居然在我的脑袋里塞了一个……人格病毒。

4

说到人格病毒，就离不开当初的赌注，说到赌注，就非得解释一下我们的专业不可。至于说到专业……好吧，陈绮这个人，是绕不开的一个坎儿。

那么接下来，我只能不吝于以最华美的笔触，来给大家隆重介绍一下这位在活着的时候就把我吃得死死的，死了之后也不肯放过我的可怕女人吧。

陈绮，27岁，曾经被誉为天才的心理学新秀，在精神控制和人格塑造方面展现出超乎常人的天赋，也是我的同门小师妹。我研三毕业的那一年，她拜入我导师的门下研究课题，和我有过足足一年的共事时光。

那一年里，我们这些师兄师姐饱受摧残和折磨，因为无论怎么拼命，凡人的努力在天才的灵光乍现面前，总是卑微得如同蝼蚁。她不止一次展现出令人惊艳的创意和构思，使得我们多少次没日没夜、废寝忘食好不容易才得来的珍贵实验数据仿佛稚童的玩具一样的粗浅可笑。除了我依靠扎实的思维回环学功底，和苦练了近十年的外科手术医生一般精准的催眠技巧勉强维护了师门的尊严，没有被她彻底超越之外，余下的所有同门，都在自己骄傲的领域上溃不成军。

也正是因为这个，我毕业那年的庆祝会上，她特地过来敬了我一杯酒，说大师兄，我没机会赢你了，但是总有一天，我会带着我最得意的作品来找你，到时候，咱们再一拼高下。

我嘴上唯唯诺诺，心里早已翻了无数个白眼。跟这个天才少女比拼？我等凡人怕不是吃饱了撑的嫌命长？恐怕再要不到半年的时间，她就足够成长到我必须仰视才能勉强看清她头顶上光环的地步了吧。

不知道是不是因为她的缘故，毕业时候选择的就业方向，我彻底放弃了继续精研心理学和精神研究的实验室的邀请，选择了更为世俗的待遇优厚的企业特聘导师。这一决定让很多熟悉我的朋友都大跌眼镜，殊不知我心里早已清清楚楚，什么样的研究注定只能交给天才，而我们凡人最好不要试图攀登。

没错，这项研究，就是催眠学界最根本性的质的突破——人格病毒。

没想到吧，精神世界也可以像物理世界一样，传播病毒。

以前有个笑话是怎么说来着，精神病不会被传染？没错，过去是这样，可是未来，谁也说不准了。

正式被确诊

　　我曾经也一度认为人格病毒只是一个幻想。尽管这个假设是我自己提出来的,可我也只是当作一个玩笑般地跟陈绮提过而已,谁也没有想到,她竟然当真了,更没有想到的是,七年之后,她居然真的做了一个出来。

　　所谓的人格病毒,是指通过侵入性的病毒式神经元,感染我们的脑部神经中枢,将我们原本的自我意识从中剥离一部分,然后慢慢地全部剥离,全部腐蚀,直到彻底吞噬为止。

　　举个例子,如果一个热血少年中了这个病毒,渐渐地,他会看到街上有行走的机器人、空中飞跃着的忍者、星空中满是无穷无尽的战舰。他的想象力成了自己最大的敌人,也是根本无法战胜的敌人,因为他自己最清楚,他最容易被什么所蛊惑、所控制。到了最后,他的自我意识彻底沉沦在病毒给他的虚构世界里,而他的身体则由病毒进化出的新人格所接手覆盖。

　　可怕吗?

　　不可怕,因为这个过程是悄无声息的,你除了感到愉悦之外,没有任何的痛苦。因为幻境中没有挫折,没有失败,一切都是按照你潜意识中所期待的方向进行的,你只会不知不觉沉浸其中,将真正的自己锁在心房最深处,然后失去真正人生的全部支配权。

　　这么说来,好像有点笼统,我不确定你们是不是真的能理解。

　　好吧,我来证明给你们看。

5

"崔大爷,早。"

我走进公司的大门,随手和保安师傅打了声招呼。

"小兔崽子,赶紧打卡去,就差你一人了,今天又想被扣工资?"光头的老大爷穿着保安制服,冲我吹胡子瞪眼。

我冲他贼笑两声,赶紧从怀里掏出门禁卡,一溜烟地猫进了公司大楼里。

光头大爷看着我的背影,骂了两声,然后心满意足地坐了下来,重新打开他的报纸。可是我猜他一定没想到的是,就在这时候,有一只手拿开了他的报纸,然后,我这张笑嘻嘻的脸又一次浮现在了他的面前。

"小兔崽子,你干什么?"

崔大爷火冒三丈,眼看就要抽出腰间的保安棍了。

"别急啊,大爷,我问你,咱们宿舍昨晚几点熄的灯?"

"熄啥灯啊,你脑袋睡坏了,这宿舍三年来啥时候——"崔大爷话说到一半,戛然而止。

我摊手,笑了笑,说道:"大爷,想起来没,你是我大学时候的楼下宿舍大爷,什么时候来我的公司看大门了?"

崔大爷哑口无言,看着我愣了半天,忽然挠了挠脑袋,化作一缕青烟,消失在了空气中。

喏,这就是个病毒。

我随手抓了一把冉冉升起的青烟,却四散在了指缝里。没办法,连这些烟其实都是假的。

正式被确诊

　　就像我刚刚经历的那样，最早的时候，这种病毒会汲取你大脑皮层里的所有回忆，并逐渐地将其搅混，比如把你小时候邻居家的阿姨改成你隔壁办公室的大姐，或者把你大学时候某个见过一面的学弟，变成你下一次要交接的客户，这种改变实在太小，以至于受害者根本没办法发现自己已经中了病毒，所看到的其实是病毒的幻象。之后，病毒慢慢加剧，混淆你的世界观，混淆你对现实的认知，混淆你的性格和感官，最后将你彻底封闭，打包扔进心灵的最深处，然后鸠占鹊巢。

　　打一个不太恰当的比方，这种病毒就像是在真正的现实上再披一层近似纹理的涂料，将它彻底覆盖，如果你没发现眼前所见其实是覆盖之后的图层而非真正的现实的花，那么对不起，你已经向深渊迈出了第一步。

　　这几天来，我已经识破了不下五十次类似的覆盖。这样的覆盖，其实只是对受害者认知的混淆，一旦被发现是假的，立刻就会消散无踪。

　　而在这个虚假的世界里，我唯一不明白的是，为什么一个人，我明知道是假的，可却永远消散不掉。

　　我坐在门卫大爷的椅子上，随手拿起他刚刚看过的报纸，果不其然，翻开两页之后，就在天气预报和犯人越狱的警方通报之间，一张本来绝不可能出现在报纸上的照片赫然印在了上头，那张熟悉的脸正冲着我，笑得阳光灿烂。

　　我放下报纸，看向门外，果然，陈绮穿着一身都市白领的职业装，正靠在门边，冲我推了推眼镜。

　　早上临走前的那抹笑容，好像只是个充满恶意的捉弄一样。

我平静地看着她，说："没用的。"

是的，没用的。

如果把人的大脑比作一个宫殿的话，那么普通人的宫殿顶多就是一个二层小楼，七八个步兵把守。可我不一样，我的脑海里，驻扎着千军万马。

早在很多年前求学的时候，我已经在自己的脑海中植入了根深蒂固的防御系统，日夜运转，永不停息，哪怕是在梦里，也不会给入侵者一丝一毫的机会。

人格病毒对我，不会有任何的作用。

而我唯一的疑点，就是不明白，在这个病毒的机制里，陈绮本人，究竟扮演着什么样的角色。

以及……

她究竟为什么要自杀呢？

△
6

咖啡，还是茶？

甜美的声音在耳边响起。

我看着屏幕上的美剧，头也不回地说："咖啡。"

很快，一杯热气腾腾的咖啡便端到了我的面前，我低头尝了一口，然后叹气。

我们公司这么抠门的地方，怎么会有这么正宗的绿山咖啡？

正式被确诊

抬起头，果然，陈绮扮演的服务生笑意盈盈，托着盘子，正站在一边看着我。

即使是幻觉，能不能走点心？

我叹了口气，随手将咖啡倒在地上，滚烫的液体在半空中忽然卷成了小小的旋涡，然后消失不见，地面上仍然清爽一片。

"是你说的啊，反正对你没用的，还走心编织幻觉干什么。"她随手在我旁边拉开一把凳子坐下，耸耸肩。

我忍不住扬了扬眉毛，有意思，这么长时间下来，她还是头一次这么开诚布公地跟我聊起来。

我说："陈绮到底把你塞进我的脑袋里来，是为了什么？为了赢吗？那她已经赢了，人格病毒这么虚无缥缈的东西，都能让她制造出来，师兄甘拜下风。我已经亲眼见证这个病毒的神奇了，我敢打赌，如果不是遇上我，换一个人中招的话，现在九成九已经死了。"

死？

眼前的陈绮笑了笑，说："不会的，人格病毒不会置人于死地的。"

"没什么区别。"我说，"虽然肉体还是同一个人，但是灵魂已经彻底更换了，等同于死亡。"

"噢？"她饶有兴致地看着我，似乎很想就这个问题与我探讨一番。

但我的注意力根本不在这样的学术——准确来说，连学术也算不上，应该是伦理的研究讨论上。

"既然你的侵入已经失败了,而我也找不到把你彻底消除的办法,那你打算怎么办?就这么一直活在我的脑袋里,跟我一辈子?"

"这个提议倒也不错。"她粲然一笑,伸手倒了一杯可乐给我。

我随手接过来,即使明知道是假的,但是喝下去的感觉却也被虚拟得一般无二,所以,在我看来和真的可乐也没什么区别。

对于我们来说,真实和虚假,其实经常没有被区分得那么彻底。

我脑海中刚刚闪过这句话,她就立刻点头赞成。

"没错,她也经常这么说。"

她?我皱眉。

"陈绮啊。"

……

我哑口无言,尽管知道面前的陈绮只是人格病毒制造出来的幻觉,但是从她的口中听到陈绮的名字,还是有些奇怪。

但是很快,我就被一个重要的问题吸引了。

"你和陈绮……究竟是什么关系?"

"关系?她制造了我,所以按照你们的说法,应该是母女?"

"不……我不是说这个。我是说,从本质而言,或者说,作为一个人格,你是她的复制吗?"

她愣了一下,似乎没想到我会问这个问题,可是下一秒,

正式被确诊

她就忍不住笑了出来。

"不,不是的。"

我皱眉,等待着她的解释。

"人格病毒,不是你理解的那样,不是她复制了一个自己的人格,然后来侵入你的身体将你控制,而是仅仅一个神经元的思维变异,像是癌细胞扩散那样,破坏你的精神空间而已。好比一台电脑,如果被误插了带有病毒的U盘之后,只要它不联网,没有新的资源可以使用,那么无论这个病毒最后怎么破坏电脑,所占用的内存和空间数据,都是这台电脑自身的。病毒本身,什么都没有。"

"你是说……"

"比起她的复制,我更像是你的复制。我拥有你绝大部分的记忆、思维、感知和判断,我真正的养料,是你的大脑皮层,是来自于你的能源。从某种意义上来说,我们应该是一对思维共生体。"

我陷入了深深的沉默。尽管知道她所说的都是真的,可是这么赤裸裸地描述出来,还是让人难以接受。

她顿了一下,继续说道:"病毒是没有形状的。我之所以以她的样子出现,单纯是因为我是被专门制造出来对付你的,具有唯一性的病毒。"

专门,对付我?

"对,你的防御系统完全在陈绮的意料之中,所以在我的预设程序里,现在的情况并不意外。"

一股寒意渐渐地从脚底蔓延至我的脑海。

并不意外？她的意思是，现在的一切，仍然在陈绮的掌握之中？

那么……她打算怎么做？

似乎是注意到了我表情的变化，她冲我眨了眨眼，做了一个"无可奉告"的手势。

我哼了一声，端起手中的杯子。

忽然，我看到她的嘴唇动了一动。

我抬起头，凝视着她，她没有发出任何声音，但是双唇无声地轻轻张开，好像在说着什么。

很快，我就辨认出了她的口型。

她在说，细节。

可是，什么细节？

7

晚上十点，我拖着疲惫的身子回到家中。

该死，真是屋漏偏逢连夜雨……本来和人格病毒的缠斗几乎耗尽了我全部的精力，没想到老总又专门找我谈话，让我加急设计出一整套评估员工心理健康的表格体系。

在反复确认了三遍，这确实是我真实世界的老总，而不是被人格病毒虚拟出来的之后，趁着一头雾水的老总被我惹到发飙之前，我慌不择路地跑出了他的办公室。

表格，表格，该死，这玩意要怎么设计，谁还记得啊。

我躺在沙发上，发出绝望的哀号。

正式被确诊

这几年来的混吃等死，曾经掌握过的专业水平早已不复存在，现在还让我设计什么表格，岂不是要了我的命？

"烦什么呢？"

眼前出现了陈绮那张总是带着盈盈笑意的脸，我忽然感觉心里的烦闷少了一点。

可是下一秒，想到我之所以这么筋疲力尽，最关键的原因就是要时刻防范着这个该死的病毒入侵，我的心情顿时又跌落了谷底。

"我烦什么，你还不知道？"我没好气地说。

"拜托，你脑袋里的防御系统这么严密，我能偶尔从里面偷出一点东西来，已经是非常难得了，谁能随时随地监控你脑袋里想些什么啊。"她躺在我的身边，学着我的口气抱怨道。

忽然，我的脑海里灵光一闪。

"等一下……我记得你说过，你是依赖我的记忆和思维的，对吧？"

"对啊，你要干吗？"

陈绮破天荒地露出了警戒不安的神色。

"没什么啊。"

我笑眯眯地往她旁边靠近了一点。

"你看，既然你什么都会，恰好，我这儿有些工作，我又特别特别的累，反正你每天什么事都没有，不如……"

"好啊。"

没想到她居然一口答应了。

"你直接睡吧,把身体的支配权让给我,把防范系统撤掉,明天一早醒过来,就会发现所有工作都已经完成了。"

我的脸色立刻黑了。

什么都完成了?我看是什么都完了吧……

还让一晚上身体支配权给你,怕是给了你之后,我连怎么死的都不知道了。

我迅速构思起第二个方案。

"要不然这样,你反正能看到这些数据,然后你在虚拟世界里帮我全部算好设计好,明早醒过来,我直接抄就好了。"我觍着脸,露出无耻的笑容。

她哼了两声,说道:"你可别忘了,现实世界是真的有计算机,而我如果虚构的话,就要消耗你的脑细胞当作计算机来用,你觉得以你的智力,能抗得了几位数的加减乘除?"

我张了张嘴,刚准备沮丧地垂下头,忽然反应过来。

什么啊,又不是算什么高难度的统计,设计个表格需要多少运算量?

被我拆穿了之后,她也没有任何不好意思的表情,而是懒洋洋地打了个哈欠:"那好吧,也不是不能帮你,不过有个条件。"

"什么条件?"

我顿时警觉起来。

"我今晚帮你做表格,但是你不准睡觉,看电视也好,玩游戏也好,你得陪着我一起。"

啊?我有点发蒙,这算是什么条件?

正式被确诊

"不答应的话,那我先去休息了哦。"她冲我摆摆手。

"好好好,一言为定!"

我顾不上多想,顿时伸出手,往她的手上拍了一下。

于是,五分钟之后,我靠在床头,将家庭影院的投影打开,丧心病狂地在大屏幕上玩起了手机游戏,而她则认认真真地坐在书桌前面,好像丝毫不会被我打搅一样,开始设计起了员工表格。

我第一次觉得……人格病毒,从某些意义上来说,真是蛮方便的。

就这么玩了一会儿,没想到,我竟然有点良心不安了起来。

"喂。"我喊道,"你累不累啊?"

"别烦我。"

她头也不抬,双手在键盘上噼里啪啦地打着字。

一想到这都是消耗我的脑细胞才制造出的幻觉,别提我有多心疼了。

我从床上起身,凑到书桌旁坐到她身边,伸长了脑袋,想要看看她的进程。

"啪"的一声,一只凭空出现的签字笔敲在了我的脑袋上。

我捂着脑袋,委屈地问道:"你干吗?"

"说了让你别打扰我,你在旁边,我没法专心。"

我说:"你啥时候还有这种毛病的?"

她头也不回地说道:"忘了我们以前做实验的时候?你只要一靠近,我准做错,不是抄错实验结果,就是把器材给打翻。"

绝★密　044

Chapter 02 人格病毒

我冷笑一声,双手抱臂,往床上一坐。

她听到声响,回头看我,奇怪地问道:"怎么了?"

"败类!"我从牙缝里恶狠狠地蹦出这几个字来,"都这个时候了,你还想偷偷摸摸洗脑我?别以为我记不得,以前哪次实验的时候,你不是做得又快又准,啥时候记错过一次实验数据?"

"是吗?"她一点也不心虚的样子,眨了眨眼,"我想喝酒了。"

喝酒?我愣了一下。陈绮以前从来没有嗜酒的毛病啊。

"对啊,喝酒啊,你这儿有没有?"

"你就是我脑袋里的一个幻觉,想喝啥酒不行啊,管我这儿有没有。"

我白了她一眼。

"不一样。"她的尾音微微上翘,竟然像是在撒娇一样,"我们可是思维共生体啊,你如果喝酒的话,我也会有实际感受的。"

"不好意思,没有。"我尽力板着脸。

"那咖啡呢,咖啡总有吧,熬夜赶文档很困的。"

"你也要睡觉吗?"我好奇道。

"当然啊,不然你以为我们病毒是什么,不眠不休的免费劳工吗?"她随手又是一个抱枕砸过来。这次我干脆躲都懒得躲——我的家里,哪有什么抱枕?

"到底有没有!"她有些怒道。

"真没有,我也不太喝咖啡的,顶多就是熬得不行了喝一点速溶的，咖啡喝多了伤神，你又不是不知道。"

她"哦"了一声，然后就转过头去，继续伏案做表了。

眼看这家伙忽然乖巧，我竟然又有点心软。

"要不……我去楼下便利店给你买点？"我试探着问。

"别了吧。"她没好气地说道，"没看新闻吗，这几天有犯人越狱了，晚上别随便出门，不安全。我可不想就这么莫名其妙地死在你的脑袋里。"

"没事，哪有这么巧。"我满不在乎地说。

"不过说到这个犯人，他为啥越狱来着，我记得我早上看到，但是记不太清了……"

"记不清？"她忽然轻声说，"你会有这么快就记不清的事情吗？"

我忽然愣住了。

对啊，我明明在脑海里装了这么严密的防范系统，按道理，即使不是过目不忘，也起码能够应对百分之九十八以上的记忆，延长足够多的时间才对。

可是为什么，我会忘记这么一件微不足道的新闻里的小事呢？

8

托陈绮的福，第二天一早，顶着重重黑眼圈的我，好歹还是准时完成了表格，及时送到了老总的手里。

"这次多谢你啦。"我叼着吸管，走在公司的走廊上，

Chapter 02 人格病毒

对着身边悠悠闲闲飘着的陈绮说。

"没什么,举手之劳而已,毕竟我也在完成我的任务啊。"她笑着说。

听到"任务"这两个字,我的头顿时又疼了起来。

差点忘了……这家伙,终归只是一个人格病毒而已,她最终的任务,大概就是把我揉揉打包,扔进心灵最深处的旋涡里,然后取而代之吧。

结果下一秒,便听见她补充道:"不过,如果你真的想要道谢的话,要不然,请我去玩一次游乐园吧。"

"什么游乐园?"我有些摸不着头脑。

"就是城西那个新开的大型水上游乐园,有时间吗?"她若无其事地问。

今天正好是周五,交完了表格的我,已经没有别的工作了,即使现在就离开公司开始享受这个愉快的周末,也不会有人多说什么。

但是,谁知道这个女人在玩什么把戏。

我毫不犹豫地拒绝了她。

"可是你以前都会带我去的。"她嘟着嘴不满道。

"以前是以前,现在是……浑蛋,以前谁带你去过?"

话说到一半,我脸色铁青地否认了。

然后,闭上眼睛,深吸一口气。

不行,不能继续下去了,再这么下去,总有一天要被她渐渐上套,带入那虚无缥缈的虚构记忆中,永世不得翻身。

这样的警戒心顿时被我牢牢记在心里,我转头瞪她,她

正式被确诊

吐了吐舌头,露出可爱的笑容。

我说:"你是不是搞错了?我跟陈绮以前真的就只是单纯的死对头,我对她一点兴趣也没有的。"

她长长地"哦"了一声,眼神中透着闪烁不清的狡黠:"是吗?"

"真的是,所以你干吗老是想要把我带进一个圈套里,让我觉得我好像和她有过什么一样。没用的,我告诉你,我不可能会相信这个的。"

"是吗?"她仍然笑得天真无邪。

"你,不,要,再,想,骗,我,了。"

不知道为什么,我忽然很焦躁,一股无名火猛地在心头点燃,我恶狠狠地瞪着她,双手紧握成拳。

可她一点都不害怕。

反而往我的方向走了一步,仰起头,小巧的鼻尖几乎就要碰到我的脸颊,从她的眼睛里,我甚至可以看到那个恼羞成怒、惊慌失措的自己。

"你真的知道吗,是谁在骗你?"

她顿了一下。

"而你,又是谁?"

9

我把自己反锁在卧室的小房间里。

不得不承认,她的那番话彻底动摇了我。

Chapter 02 人格病毒

对于我们研究心理和精神的人来说，其实这个世界非常的简单，如果你对它坚信无疑，那它就牢不可破。如果你对它已经产生了怀疑，那么在这个世界的某一角，崩塌和坍坏便会无可阻挡地悄然扩散开了。

我终于知道陈绮在对我做什么了。

正是因为她知道我的脑海里戒备森严，所以她从来没有打算强行攻入，恰恰相反，她期待的，是我自己从内部崩塌。

她想让我怀疑这个世界。

她想让我怀疑自己。

她恰到好处地将"似曾相识"的情绪间或投射到我生活中的细节上去，再加上言语的疏导和暗示，试图让我怀疑自己是不是真的忘记了什么，或者现在是不是其实正在被催眠控制着。

不可能。

我的背上已经渗出了涔涔冷汗。

以我的水平和脑海里的那些防御，绝对不可能有任何人可以悄无声息地催眠控制我。我可以被毁灭，但不会服从。

"真的吗？"

陈绮忽然又出现在了我的面前，低下头，带着一丝丝的怜悯看着我。

我毫不示弱地回看过去。

"如果是真的，那你为什么不敢去游乐园呢？"她轻声问道。

游乐园？

正式被确诊

我愣了一下,这和游乐园有什么关系。

"告诉我,如果我们去了游乐园,会发生什么?"

她的声音低沉而嘶哑,丝毫不像平时那样,而是充满了诱惑。

"我们会遇到那个越狱的犯人,然后——"

我下意识地脱口而出。

过了一秒钟,我的脸色难看到了极致。

一个不可思议的念头在我的脑海里猛地升了起来。

我,到底是谁?

记忆的碎片中,一个画面忽然浮现了出来,我双手拿着尖刀,神色冷酷,站在游乐园里,脚下是倒在地上的陈绮尸体,小腹流出鲜血,已经死透了。

我,我其实根本不是什么心理学的专家。

我才是那个越狱的犯人。

△10

下一秒,陈绮愕然失笑,冲我"啪啪啪"地鼓起掌来。

"没想到,你这么快就发现了……"

她慢慢走过来。

"你,你别过来!"

我歇斯底里地大吼,眼神泛着疯狂。

"不是我杀的你,不是我杀的你!我要杀的人不是你……不是你……"

Chapter 02 人格病毒

"你神经病啊。"她停下鼓掌的手,冲我翻了一个大大的白眼,"不得不承认,你的防御系统真的太厉害了……在发现现状的虚假无法持续之后,立刻给自己重新编织了一个更加可以被接受的虚假,准备自然而然地过渡到新的世界里去。"

她顿了一下,然后说道:"可是,何文心,你真的这么不敢接受现实吗?"

"难道你宁可接受自己其实是一个无恶不作、满手血腥的杀人犯,也不敢回到现实中来吗?"

渐渐地,她的声音变得虚无缥缈起来,像是从很远很远的地方传来。

我浑身的神经都紧绷着,额头满是冷汗,整个人像是被裹进了棉花堆里,然后旋转、翻腾,永无止境。

"你知道你的世界为什么会崩塌吗?"

"我……我不知道……"我下意识地回答。

"不,你知道,如果你不知道的话,它就不会崩塌,不会更换了。你的潜意识里已经发现了种种矛盾,重重悖论,许多的虚假无法自圆其说,你已经不相信这个世界,不相信你自己了。"

"什么矛盾,什么悖论?"我脱口而出。

她沉默了一下,然后慢慢说道:"何文心,你究竟是一个玩弄心理学和精神世界的高手,还是一个混迹公司、游手好闲,早已经把所学的一切都忘光了的废柴?"

我,我……

正式被确诊

"如果你是一个高手,你为什么连最基础的表格都不会做,你为什么会怕我怕成这个样子?可你如果是废柴,为什么你的防御系统严密得我连一丝缝隙都很难找到?为什么你面对病毒,有着这样的自信,绝对不会被侵蚀?

"我再问你,如果人格病毒是陈绮发明的,那么我就是世界上第一例病毒,可是你,七年来和她毫无联系的你,为什么会对病毒的特性了如指掌,为什么会这么熟悉?你明明只是提出过一个最基础的假设而已。

"而且,别忘了,我所有能呈现给你的一切,都是你记忆中有过的,病毒只能加以篡改和更替。你家里的抱枕到底是谁买的?你如果不喝咖啡,为什么能一口品尝出最正宗的美国绿山?你如果真的七年来跟陈绮没有联系,为什么我可以在你身边换了一套又一套衣服、妆容,你都丝毫没有觉察出异样?这些到底是你幻想的,被我投射成了现实,还是你根本就全部都见过,只是深深地藏在了记忆的最深处?

"我问你,越狱的犯人到底是谁?陈绮到底是谁?你,到底是谁?"

忽然,我的眼前有一阵刺眼的白光闪过,我看见卧室的墙壁碎成了齑粉,四面八方的城市坍塌崩坏,天空中的月亮和星星坠落下来,耀眼的太阳烧成了晶莹的蓝色。我看着街道上的行人一个个化作青烟,熟悉的场景上下颠倒,左右旋转。光和影交错编织,在我的脚底化作四通八达的蛛网。

在这个疯狂的世界里,我眼中唯一不变的存在,只有陈绮。

她轻声说:"我始终存在,不是因为我是最极致的虚假,

Chapter 02 人格病毒

恰恰相反,因为我才是真实。"

她向我慢慢走来,脸上又一次浮现出了那天早上我见到的、苍白无力的笑容:"想起来了吗?"

我张了张嘴,没能回答她。

无数记忆的碎片纷涌而来,像是江河滔滔,冲进我的脑海中。我的眼前仿佛走马灯一样地闪过无数画面,最后定格在了一个游乐园的夕阳里。

越狱的犯人,不,根本没有什么越狱,是被判无罪的曾经的犯人手持尖刀,笑得人畜无害,刀尖上,鲜血缓缓滴下,落在地面上早已没了生气的陈绮的身上。

我不是犯人,也不是陈绮。

我跪倒在地上,睁大了眼睛,呆呆地看着这一幕。

"为什么?"我听见自己开口。

"为了报答您啊。"清秀白皙的犯人穿着蓝色的卫衣和牛仔裤,露出腼腆的笑容。

"报答?"我木木地重复。

他伸手,敲了敲自己的脑袋。

"为了报答您,在我的脑袋里,塞了这么一个东西啊……何博士……"他的笑容渐渐夸张,最后定格成了一个狰狞裂开的恶毒笑意,"人格病毒,是叫这个名字,对吧。何博士,你能告诉我吗,抹杀原本的意识,灌入新的人格,究竟算不算,谋,杀,呢?"

一阵天旋地转,我忽然晕了过去。

正式被确诊

⚠

等我再次睁开眼，天花板空荡荡的，耳边传来了熟悉的点滴的声音。转头看去，陈绮坐在旁边的椅子上，仍是笑嘻嘻地看着我。

不对，我揉了揉眼睛。

那只是一张照片而已。

病房里的墙上，挂满了陈绮的照片。

从七年前开始，点点滴滴，丝毫无遗。

刚认识她的时候，我带着她一起上课，一起读书，一起做实验；后来被怂恿着将她催眠之后，我发现，我无可救药地爱上了她；然后，恋爱，毕业，成家立业。

被称作天才的人是我，发明人格病毒的也是我，而她，始终笑眯眯地站在我的身后，是我最大的支撑，也是我最大的动力。

不知不觉间，泪水彻底模糊了我的视线。

如果不是我一意孤行，想要向全社会推行人格病毒，试图通过人格抹杀和重塑，让犯人真正意义上"重获新生"，陈绮也不会在游乐园里，被我以为完美实现了救赎后才释放的犯人袭击致死。

我唯一算漏了的，就是人格病毒的不可控性。

你永远无法知道，新诞生的人格究竟是什么样子。

也许温文和善，却也可能加倍的丧心病狂。

所以在陈绮死后，浑浑噩噩的我，最后能做的只剩下一件事情——

就是对自己，注射人格病毒。

用一个虚假的图层，覆盖整个世界。

假装我从来不曾认识她，假装我一点都不心疼，假装我从始至终都只有一个人。

没想到的是，我还是输在了人格病毒的不可控上。

闭上眼睛，脑海中最后浮现出的，仍然是她那苍白无力的笑容。

陈绮，谢谢你。

从此之后，我不会再用虚假欺骗自己，也一定不会再让自己堕落，我一定会继续好好地活下去，不再让你为我担心了。

我轻轻取下墙壁上的一张照片，吻了吻她的额头。

但是，真的好想你啊。

我拔下手背上的针管，从床上爬了起来，站在窗口，俯视着医院下方人来人往的大厅。

忽然，我愣住了。

一股凉意仿佛爬虫一般，顺着我的背脊缓缓而上，钻进了我的心房。

远处的医院门口，一个年老的光头保安捧着铝制饭盒，坐在门口的小板凳上，正一口一口地扒着饭。

好像是感受到了我的注视一样，他缓缓抬头，看向我的方向，和我四目相交，忽然，咧开嘴笑了笑。

崔大爷。

END

正式被确诊

【调查日记02】

调查对象：何文心

调查结果：因为妻子出事造成严重心理创伤，在注射人格病毒后，出现妻子的人格。

备注：可是为什么最后何文心还是会看到崔大爷？（请写下你的猜想）

获得道具：何文心的记忆碎片。
请把这些碎片剪下来，拼成它原来的样子。

Chapter 03

病变患者：陈天

病变起因：缺爱的童年

正式被确诊为 I 人

孤独患者

病变级别： EX

诊断人　范黎

如果有那样的一个人，我是说如果，他会是怎样的人呢？他会做什么呢……

绝★密

绝密资料，严禁外传。

Chapter 03
孤独患者

作　者　范黎

作者介绍　国家二级心理咨询师，华东师范大学心理系硕士毕业，现就职于某心理咨询机构。

我当心理医生很多年了，很多看上去轻描淡写的东西，背后都隐藏着可怕的真相。

第一章 破碎的"蝴蝶"

一

手机响了，来电显示是"许昊"。

许昊是一名警察。

毕业后，我曾经在导师的介绍下给当地一座监狱里的犯人做心理评估的工作，当时和公安部门进行了交流，就是在那会儿认识了刑警支队的许警官。

我对他印象颇深，因为他的长相方正，谈吐有力，对自己的职业有着天然的热情。

"您好，请问是陆医生吗？"

"是，您是许警官吧。"

听见我还记得他，他似乎很高兴："是，是，不好意思打扰了，今天来找你是因为局里最近有一个案子，我想请教一下你。"

"哦？"

……

许警官跟我简单介绍之后，我觉得情况有些复杂，最好当面了解一下。他像是早料到了一般，请我务必到局里去一趟，越快越好。

我知道他们的工作不容耽搁，所以尽快抽出时间，约定明天下午在局里见。

有一个女孩失踪了，不过好在是城里，女孩的父亲发现她不见了之后，很快就报了警。

24小时之后正式立案，调查思路也很清晰，先从她最近接触的人问起，她去过哪里，都见过谁，很快，范围就缩小得十分明确了。

女孩是某医院的一名行政人员，生活朝九晚五，非常规律，最近因为工作原因认识了一位在殡葬行业工作的男人，之后就常常出现在男人的工作地点。

有人说她恋爱了，也有人不太相信——

她平日里不苟言笑，不善交际，连说得上话的女性同事都屈指可数，更不要说是男性朋友了。就连处对象都需要家人操心的内向女孩，怎么会在短期内和一个陌生的男子熟识，

正式被确诊

还交起了朋友？

但是殡仪馆的工作人员的确见到了和她长相相似的女孩，且近来出现过不止一次，都是来找那个男人的。

警方自然要找到男人问话，奇怪的是，男人已经有几天没来上班了，算起来就是女孩失踪以后的事情。

警察接着赶到男子的家里时，发现他正窝在家里，几日未进食，桌上放了几块过期的面包和腐烂的苹果，但他一点没有动过。

问他在家里做什么，女孩在哪儿，他却一句话不说。

毫无疑问，他被带进了警局，但无论警方如何严厉地警告、讯问，他都无动于衷。

警察只能抓紧时间寻找其他的线索，同时密切地关注着他的一举一动。

从他的表现来看，他知道女孩下落的可能性很大，但警方还不清楚他不开口的原因。

他的父母离异，很久没有和他联系过，他在这个城市没有其他亲人。同事们说他是一个做事认真、有条理的人，没想到他会突然旷工，宅在家里。

他和女孩最大的关联似乎只有他们都和身边的人有所疏离，这也加大了警方调查的难度，因此警方开始怀疑他是否有精神方面的问题，决定找专业的精神科专家观察一下。

许昊和他的同事负责这个案子，很快就想起了我来。

我告诉他们我可以先做一些观察作为参考，有必要的话，可能要进一步联系精神科的医生来开具证明。

对于警方而言，对他做精神鉴定并不是最要紧的事，首要的任务还是看看有没有人能够和他沟通，让他开口。

男人叫陈天，已经在看守所里待了快两天。见到他的时候，我几乎怀疑他是不是已经两天没有挪动过一下。

他胡子拉碴，短发凌乱，眼睛直勾勾地看着前方却又没有注视过任何一个出现在面前的人。

再这么坐下去，几乎要变成一个僵硬的雕塑。

"陈天？"我走到他对面坐下，仔细观察他的表情和神态，呼唤他名字的时候，他没有表现出本能的反应，倒不像是故意而为。

我思考着应该和他说些什么。

通常的讯问方式一定都已经试过而无用，他们才会找上我，他现在连眼睛都不抬一下，要如何才能引起他的注意和他进行交流呢？

按照他过去的同事证词，他的听力一直没有问题，如果不是听力问题，那就是注意力……

我快速地转动着脑子，开始手头上的动作并且发出自然的声响。

既然我不能确定什么事情能够引起他的注意，我不介意故意制造一些随意的声音来刺激吸引他的注意。

我动作很大地从包里拿出我早已准备好的心理测验图卡。这是一套专业的投射测验工具——听说他对于谈话兴趣不大，所以备好了一套，想看看他是否有反应。

正式被确诊

我一边没话找话地和他闲聊了几句,一边抽出第一张卡递到他的面前:"我给你看一张图片,你可以把联想到的所有东西都说出来。"

不出所料,他仍然没有回应。

"外面出太阳了呢,你想出去看看吗?"他进来的那天正巧是一个阴天,我继续找着话题,有一搭没一搭地说着,忽然间他动了,他抬起头来,圆睁着眼睛瞪着我。

我还不知道是哪句话起了作用,他像是想起了什么重要的事。

"现在几点了?"他开口问道。

我看了看手机上的时间:"下午两点,怎么了?"

"我要出去。"他的态度笃定,不容置疑。

我有些莫名,想必坐在隔壁办公间里监视的许昊也觉得他这话太过可笑:"你要出去做什么?"

他又不说话了,过了许久才重新开口道:"不放我出去,你们就别想再见到她。"

我的神经一下子紧张了起来,他口中的"她"就是那个失踪的女孩吗?

"什么意思,你说的'她'是谁?"虽然心里有了猜测,但还是需要进一步的确认。

"你们不是在找她吗?"他有点不耐烦。

就是那个女孩!他默认了。

"你知道她在哪里?"我赶紧问。

他的不耐烦更甚,简短地答道:"不知道。"

也许他真的不知道,也许只是不愿开口,我不准备继续逼问这点,相反,应该暂时放下自己的立场和他"站在一起"。

"可是,如果这样的话,是没有办法说服警察放你出去的。"我看着他,语气平和。

或许是我的姿态让他感到了一些平等,他的眼珠开始微微转动,像在考虑我说的话。看到我的话对他起了作用,我知道要趁热打铁,不能错失这个契机,于是平心静气,耐心地等待着。

"我不知道,真的不知道。"他有所动摇,没有了先前的镇定,"但是我得出去,必须出去。"

他的话不像撒谎,但却不愿意透露更多,只是一再地强调自己的诉求。

"和她做了约定吗?"我试探着问。

他直视着我的眼睛,冷漠而沉静,片刻后露出了戏谑的笑意:"我什么也不会告诉你,换了谁都一样。"我没有料想到,他突然坐直身子说了这么一句。

他一定做了约定,这是我的第一反应。

我的问题他没有否认,但是十分警惕,像被触及了某个敏感的话题,以至于他先想到了保护自己而非理性地谈判。

"你确定吗?"我再次提醒他。

"随便你们猜吧,约定也好,没约定也好,想知道她在哪里?"他伸出食指,指着自己的脑袋,歪嘴笑着,"在这里。"

耳机里传来许警官的一声愤怒的呵斥:"他什么意思,拿我们开玩笑吗?"想来他的耐心已经磨得所剩无几。

正式被确诊

我借口要休息一会儿，走出审讯室，来到隔壁的监控室。许警官正来回踱着步子，已经基本恢复了平静。

"许警官……"

他抬手示意我不用在意他刚才的急躁："你已经做得很好了，至少我们知道他是有计划的，说白了，他的反应不是有约定是什么？小秦，你找几个兄弟在他的工作地点和住所的附近蹲守，凡是我们调查过的地方都不要放过。"他转头对着身边的另一个年轻警员说道。

那位被称作小秦的警员很快领下命令出动了，许警官继续转向我，微微皱着眉问："还有没有办法？"

我明白许警官的意思，他希望我能问出更具体的信息："有难度。"

很显然，我们想问的，正是他想隐瞒的。

还有没有办法？我问自己。

如果通往目的的途径明显行不通的话，那么真正的途径一定在不明显的地方，至少是他看不见的地方，我想了想，又道："我再试试。"

我走回审讯室，再次坐在陈天对面，微笑地对他说："警官们商量过了，他们同意放你出去。"

"放我出去？"他微微皱眉。

许警官没有出声，他大概也有些错愕，不知道我想做什么。

"不高兴吗？等一会儿就可以出去了，说不定还能去找她。"

他的眼睛微眯着，紧紧盯着我看，随后撇了撇嘴，似笑非笑地说:"觉得没有办法,想放我出去好跟踪我吧?"

"不能跟着你吗?"我没想到他有这层顾虑。

他轻轻叹了一口气:"不行,那样就没有意义了。"

"那你想怎么办呢?我已经让他们放你出去了,你又犹豫了。"我依然默认自己和他站在同一立场。

他的眼珠左右转动,琢磨着有没有更好的法子。

我想到了一个问题:"既然如此,前两日为什么你会待在家里?如果躲起来,现在说不定还在外面,那不是更方便吗?"我站在他的角度考虑,试图理清他内在的动机。

他还是不太愿意和我谈及这些,没有马上搭理我,只是喃喃地说:"不,先不出去了。"

我顺着他回应道:"心里有一些矛盾吧,虽然决定暂时不出去,但是还有一些事没有完成。"

像是被我说中了心中要害,他的瞳孔有一秒钟放大,终于缓缓地道:"我是怕她,没有想好。"

我不知道这句话解释的是他待在家里没有逃走的原因,还是说他矛盾的原因,不过至少我知道他还没有想要对我完全坦白这些,只是我的存在让他的心绪有了一个出口。我选择尊重他,不再追问。

无论在什么场合,面对什么对象,尊重总能换来更多的平等和更加敞开的心扉,即便这种变化发生在无意识中。

"如果现在有一个人能够帮你找到她,是不是就可以解决这件事了?"我替他想着办法。

这话听着天马行空毫无用处,然而在这个时候,只要能

正式被确诊

让他张口,无论说什么都不会是废话。

他笑了笑:"不可能,没有这个人。"

"你身边没有这样的人吗?"我压低了声音对他说,"有没有可能放出消息,告诉她呢?"

他丝毫没有犹豫,再次反驳:"没有,我身边没有任何人。"

"没有人能够让你信任吧。"他没有否认也没有回答,我继续问道,"什么样的人,才值得你信任呢?"

他又笑了:"这个好像无关紧要吧。"

"嗯,的确是不要紧的。只是我想听听,我不明白,真的没有人能够做到吗?"

我的问题再次让他陷入了停顿,他没有立刻张口回答,但是也没有显出排斥,他在想,想我问的话。

我想,我们之间已经建立了轻微的信任,仅止于这个空间,这个当下。他被我的问题引导,放松了警惕,向内关注自己的心,开始产生联想。

"嗯,没有人。"

"如果有那样的一个人,我是说如果,他会是怎样的人呢?他会做什么呢……"

他的视角朝着斜前方的地面望着,没有聚焦。

△二△

陈天,独居,多疑,孤独,有社交恐惧……

目前为止,他与我对话的所有反应,让我在心里勾勒出了一个大致的轮廓，还有渴望被理解，我又加了一点。就是这点，让我觉得此刻尚有机会。

没有人天生爱孤独，无论我能不能成为他信任的那一个人，至少我愿意了解。或许是想到了不好受的地方，他把眼睛闭上，眉头拧着，闭口不言。

"不愿想就不想了吧，不快乐的记忆总是不容易忘记，想起又于事无补，不如就此打住。"见他没有睁眼，我继续道，"这两天都在等她吧，你眼圈发青，看上去很久没有入睡，现在正好放空片刻，什么也别想了。

"你的眼皮正在发酸，感觉到了吗？

"你的眼皮不想再抬起来了，太沉重，就像你的思绪，不想拾起就让它静静地放在那里……"

他眼皮的肌肉正在放松，头慢慢地垂了下去。

"现在，周围的杂音渐渐消散，你只能听见我的声音。我不会询问你不想说的，她的事我不会问，你是安全的，你感觉到放松，全身的放松。如果你感觉不错，可以睁开眼睛看看我。"

他睁开了眼睛。

"很好，现在我数三个数字，数到三的时候，你会重新闭上眼睛，等你再次闭上眼睛的时候，你会进入更加深层的放松。在更加深层的状态里，你可以自如地穿梭在过去和现在，一切你所想的都能在头脑中自由呈现。

"好，一，二，三……"

我没有直接说出催眠二字，却把更深层的催眠状态描述

正式被确诊

了出来,成功的话,他便会在不知不觉中进入更深层的催眠状态。

数完"三",他闭上了眼睛。

很好,现在我能和他进行更深入的交流了:"尝试想象信任一个人,这让你感到困难吗?"

他点了点头。

"如果我想了解你,可以做什么努力吗?"

不知道他想到了什么,嘴唇紧闭,没有说话。

"如果难以表达没有关系,站在原地就好,让我来了解你。"

我也闭上了自己的眼睛,刚才和他的眼睛对视过,所以现在再睁开眼睛应该……

太阳光从某个角度射进了我的眼角,我不由自主地抬手遮挡,然后微微睁开眼睛。周围的环境已经变了。

面前没有陈天,只有我一个人,我进来了,他的意识世界。

只是,这是什么地方呢?

四面都是高墙,非常封闭,窗户在墙的上方,十分遥远。光线就是从那里穿透进来照向头顶的,乍一看像是监狱,或者是精神病院的病房。

我被关起来了吗,陈天呢?

仔细环顾四周,我发现自己置身的封闭空间是长条形的,我的前后都只有几米的距离,左右两侧却很窄小。

左边有一扇铁门,我赶紧走过去,抓住门把手左右旋转,但是打不开。

有一些声响隐约从门的另一侧传来，是人的声音，说话声？笑声？我听不清，只能把耳朵贴在门上努力分辨，但是仍然没有听懂那些人在说什么。

不管怎么说，我能确定那里有人，而且一定离我不远。我开始猛烈地晃动门把手，用另一只手拍打着门板，试图让响声更大一些。

"有人吗？这里面有人，快开开门！"我一边拍，一边喊着。

可是门外的人声渐行渐远，丝毫没有因为我的呼叫而停止片刻。他们只是依照原来的方向，从我面前的这扇门路过，没有回头也没有停下脚步。

怎么回事，难道是我的动静还不够大吗？他们不止一个人，难道都没有听见我的叫声吗？

我不禁有点奇怪，还有些无助，把手从门上移开不再敲打。

是我的力气不够吗？我抬起手，看着自己的手掌，忽然觉出哪里不对。

我自己的手，我怎么不认得了……

这哪里是一双成年男人的手！白皙的手掌，细嫩的纹路，还有短小的指头。

我马上低下头查看自己的身体，身上是一件肮脏的灰色毛衣，身体和四肢都十分瘦小，还有那双脚……

我还是个孩子！

我伸手摸着自己的脸，如果能有一面镜子，我真想好好

正式被确诊

看看自己现在的样子。就在我困惑不解之时,铁门上缓缓地出现了一行字。

"下午四点的厕所,我又被关在了这里。"

这些字不是原先就写在门上的,而是像投影屏幕一般,不知从哪里投影出了字迹,逐一地出现,分明像有人在这里亲手书写的一般。

"陈天,是陈天吗?"没有人回答我。我四下张望,除了我自己,空无一人。

他还是没有开口说话,在这个意识世界的空间里,他依旧没有开口和我交流。我不知道他在哪里,扮演着什么样的角色,而我又是谁。

意识到我的困惑无法得到他直接的解答,我反倒平静了下来,继续观察吧,也许下一秒就能靠自己解开谜团。

我再次环顾四周,这才惊觉,原来四周并非高墙,只是普通的墙壁罢了,但是因为我变成了一个孩子,孩子的视角和成人是不同的,所以这里的一切都显得大了,高了。

在这里,我感觉到阴冷、潮湿,还有隐隐的不安,午后的阳光从窗外穿透进来,我却因为瘦小,碰触不到那里的热量。

一股难闻的味道侵入我的鼻息,我朝气味飘来的方向望去,在我的左侧,这个狭长空间的最里面有一个马桶样的东西,只是那东西也比我见过的马桶更大。

厕所,刚才那句话里说"我被关在了厕所里",这里说的"我"就是指我?那这里就是一间厕所,那个东西就是马桶没错了吧?

我一边想着，一边朝着那个硕大的白色马桶走去，走近了看，那的确是一个马桶，约莫有我半人高，在我成年以后就很少有机会从这个视角感受周围的世界了。

马桶盖盖着，表面粘着污渍，一看就是许久没有擦拭过了。

我一阵反胃，不想再待在这里，但是现在又有什么办法呢？

我开始思考，为什么我会被关在厕所里？门外的人是谁，他们知道我在这里吗？

这些疑问还没有得到解答，这种时候我也出不去。

我捂着鼻子开始后退，就在这时，我瞥见右前方的墙壁上又出现了几个新的字，赶紧停下脚步，转过身仰头看着那面墙。

"老师布置了任务，让我们捕捉一只美丽的蝴蝶。我必须得完成任务，我答应了她。她总是笑着和我说话，问我知道蝴蝶是什么样的吗。我说知道，它们长着十只脚，行走自如，身体又轻又薄，五彩斑斓还有三层翅膀，比任何鸟儿飞得都高。她又笑了，我美丽的老师，仁慈的老师。"

这段话写完之后，白色的马桶盖上又出现了一些字。

我重新走近马桶，低头看到的是："该死，到底什么是蝴蝶，我没有见到想象中的蝴蝶，只抓来了这些，还得藏在这里面，否则它们会飞得到处都是，妈妈见了又得骂我。

"好在她今天都不会理我，否则我绝不可能把它们偷偷地抓回来。

"可是今天下午就要完成这个作业，否则明天去了学校，

正式被确诊

我会让老师失望的，还会遭到那些人的嘲笑。

"该死的同桌还有他的高个子同伴，他们总爱嘲笑我，他们不会了解我为了捉这几只飞虫费了多大力气。

"不，他们根本不想了解，他们只想找个机会，找个人来笑一笑，尤其是看见我这一身破旧的衣裳，更想笑我了。他们的笑和那位老师不同，完全不同，我明白。

"可是妈妈一定不会给我开门，她在忙自己的事时不会放我出来，总是这样，尤其是在下午，我只能在厕所里玩玩。

"我就是在和马桶做伴中长大的，它又脏又臭，真是和我很像。怎么办呢，要怎么样才能抓到美丽的蝴蝶？"

看完这段长长的自述，我有些讶异，忍不住同情起这个可怜的孩子，听上去，他的童年遭到了很多不好的待遇——同学的嘲笑、母亲的控制和忽视。

什么样的母亲会无视自己孩子的穿着，让他在其他孩子面前毫无颜面地遭到非议呢，是因为贫穷吗？

我低头看看自己身上的衣服，几乎可以肯定，这段文字里的"我"就是我现在所"扮演"的角色，我的衣服的确破旧，不仅如此，还脏兮兮的。

这位母亲没有良好的卫生习惯，也没有把这种意识传递给孩子。

结合这个马桶大致可以看得出，这位母亲比较忽视家务，也没有重视自己的孩子，虽然把孩子关在了家里，看似做了管教，但实在很难称得上是正常的教育。

一方面限制其自由，另一方面又放任不管，不闻不问。

压抑和忽视并存，孩子既感受不到爱，又没有途径可以摆脱孤独。

　　于是，在这个备受压制的天真灵魂里，生长出了其他方向的情感寄托，任何微小的寄托都能让他暂时放飞灵魂，获得安慰，比如这位老师，她的微笑能够抚慰这颗幼小的心灵。

　　这便是人类天性里对美好的追求和坚持，即使身陷泥潭，仍然渴望天堂。

　　我不由得佩服起这个孩子来，他在坚持一个在他精神里美好的、重要的东西。

　　刚才路过门外的人是谁，就是他的母亲吗？

　　好像是有一个女人的声音，不过那声音不止一人。

　　她和谁在一起，没有听见我的敲门声吗？

　　还是真的像这段话里写的一样，她是故意要把"我"锁在里面，即便听见了我的呼唤也不回应？

　　我无法理解，不管她在忙什么，有什么必要把孩子日日关在厕所里呢？

　　要弄懂这些，最好能出去当面问一问，然而现在的难题就是我出不去。

　　我又敲打了几下门，仍然毫无动静，现在"我"想要做的事，似乎也不是出去，而是怎样才能捉到蝴蝶。难道我必须在这个封闭的空间里找出解决办法吗？

　　真是太难了。

　　我想起刚才那段出现在马桶盖上的话，里面提到了一些飞虫。"我"被关进来之前，应该在外头试着抓了一次。

正式被确诊

"我没有见到想象中的蝴蝶,只抓来了这些,还得藏在这里面,否则它们会飞得到处都是。"

"这里面"指的是哪里?

"这里吗?"我一边自语,一边走近马桶掀开了盖子。猛然间,一个白色的东西从里面飞了出来,划过我的脸颊,顺带一溜水滴,溅到了我的脸上。

我立刻反应了过来,那是马桶里的水。我抬手擦了擦脸颊,心里一阵恶心,再仔细一看,马桶的水面上正漂浮着数十只白色的飞蛾,有几只被水面粘着,正在徒劳地打转,还有一些已经奄奄一息。

原来他说的飞虫就是指这些大腹便便的飞蛾。它们倒是和蝴蝶有些相近,但确实不是真正的蝴蝶。

他怎么会把抓来的飞蛾放进这里面呢?不过,环顾四周,也没有其他可以让他藏东西的地方了。

这下我更理解了一些,他说的"我就是在和马桶做伴中长大"意味着什么。

马桶就是他的玩具、玩伴、秘密,是他童年不可分割的一部分,是比母亲更加亲近的东西。他不知道什么是脏,他不嫌弃它脏。

一个孩子在这样恶劣的环境下玩耍却不自知,我多少有些揪心,重新盖上盖子,叹了一口气,望着墙上那只刚刚从马桶里飞出来的飞蛾,有些无奈。

就在这时,厕所里又多出几样陈设,这几件陈设一件接一件地出现,就像那些无来由的字迹一般,先是在狭长空间另一侧的水池，然后是放毛巾的铁架子，还有几件杂物，比如放在角落的几张作业纸和几支笔。

看来，他不仅在这里玩，还时常在这里完成学校布置的作业，就像今天一样。

我蹲下身子，翻看起那本作业本，有好几页都是图画，也难怪，"我"年纪还小，这大概是美术课的作业本，那些笔也大多是不同颜色的水笔。

我看着这些文具还有几样杂物，又看了看那边的马桶，脑子里突然闪过一个想法，这是一个很奇怪的想法，以至于我刚想到就立马打了一个激灵。

"不不不，这太奇怪了，太不好了，我可不会这么做……"当我这么自言自语的时候，那个想法却越发具体了起来。

这就是人类思维的规律，想要阻止一个念头时，那个念头就会以更强烈的力量对抗生长。

我干脆闭上眼睛，放空自己，不再阻止那个念头，只是看着它出现。

三

过了一会儿，我感觉自己的心安定了，便睁开了眼睛。然而，当我睁开眼睛的时候，我看见了陈天，还有他面前的铁栅栏。他就坐在里面，闭着眼睛一动不动。

我再看看自己，我又回来了，我变回了陆宇。

怎么回事，怎么出来了？没有人能够解答我的困惑。

正式被确诊

陈天还没有睁开眼睛,他应该还没有脱离催眠状态。为什么我会出来呢,现在是该继续还是结束?

我感觉自己被人按下了暂停键,刚才还置身于一段情节里,现在却突然被强制退出了。

我看着面前的陈天,他没有张口,没有睁眼,我却似乎感觉他在和我说话,他在表达着什么,那是他坚决的态度。

在刚才的那个情境里,"我"被一个难题给难住了,如何才能按时地完成作业是那段文字最后的问题,所有的提示都越发明显地指向一个方向,那就是我需要找出什么方法,帮自己"饰演"的那个小男孩解决这个作业困境。

就在过去那几分钟里,我的脑海里冒出了一个可能的解决办法。

那是站在男孩的立场上,用他的思维方式会想出的办法,可是很快我就否定了这个想法。

在我看来,那不是理想的方式,甚至正常都算不上,可以说,真实的我和那个"饰演"小男孩的"我"出现了矛盾。

他的确迫切地想要完成作业,不管用什么方法,能够满意地完成就是他最大的快乐,然而作为成年人的我而言,我会认为他的情感需求和生活困境不是一个作业的事情。

究竟是屈从于他当下的愿望,还是从长计议?显然我的倾向是后者,然后我就被"退出"了。

我不得不设想,这里面是否存在一个逻辑关联,也就是说我必须按照他的想法,去把这个作业完成,否则我就没有资格再进一步了解他。

想到了这一层，我既惊喜又担忧，喜的是他心里尚有让我了解他的愿望，他希望有人能够在他的世界里，用他的方式去感知他曾经的生活；忧的是如果他想要的是有人能够百分之百地体会他所有的过往和心情，那么我就只能按照他的逻辑和行为重复一遍他当时的选择。

在这个过程中，我会身临其境，体会他的心情并且做出相同选择。这的确能够在最短的时间里理解他的内心想法，甚至在某种程度上变成他。

当然，这种变化只是虚拟的、短暂的，然而我对此却非常犹豫。

因为这样一来，我不得不暂时忘却自己，做一些违背意愿的事情，而且……

"怎么了，遇到了什么困难吗？"耳机里传来了许警官的声音，大概是看到我睁开了眼睛，和陈天相对无言地坐着，他有些困惑。

如果这个时候我告诉警官我想放弃了，那么很可能会失去一个了解失踪女孩的线索，案子也许就此搁浅，可是如果继续……

想到这里，我皱了皱眉，没有太多的时间，我需要当机立断。

"没事，我可以继续。"我听见自己的声音。

我不想轻易放弃，不过，在继续之前我要先做一件事，我从自己带来的背包里拿出了一只怀表挂在了脖子上，然后看着它，慢慢地闭上眼睛。

正式被确诊

再次睁开眼睛，我又重新回到了那个封闭的厕所里，身体也再次变回了幼小的男孩。

我低下头，看了看自己的脖子，那里正挂着那块怀表。我伸手握住怀表，在心里给自己打气："现在，我就是陈天，我所做的一切都是为了进一步深入他的内心。"

然后，我深呼吸，沉思一分钟之后，开始行动。

首先，我再次看向那堆摆放在角落的文具和杂物，走到那里，把所有的杂物一一摆在地上，同时打开那本作业本放在一边。接着，我看到了一瓶胶水，眼前一亮，把那瓶胶水的盖子旋开，把胶水抹在了摊开的那张作业纸的表面，然后起身，仰头回望右侧的墙面。

那里应该停着那只从马桶里蹿出的飞蛾，它又白又肥，轻盈矫健，一眼就让我给认出来了。

"哎，委屈你啦。"我一边念叨，一边朝那只飞蛾靠近，慢慢地，轻轻地，最后一个大步上前，用手盖住飞蛾，我的手背弓着，让手心留有空间，飞蛾就被困在了那个空间里。

"终于逮到你啦。"我能想象作为孩子的"我"此时一定很高兴，为了自己接下来要做的事，兴奋着，期待着，因为很快就能够实现心中美好的想象了。

"我"的眼中已经没有了这只飞蛾，只有那只梦想中的蝴蝶。"我"要让它蜕变，我要蝴蝶，它就必须得变成蝴蝶。

我小心翼翼地捏住它的翅膀，把它放在那摊开的作业本上，本子上粘了许多胶水，它的脚很快被粘住了。

我没有马上放开它的翅膀，而是等胶水风干了一些以后，才慢慢地放开手，现在它的腹部和脚已经完全固定在了纸面上。

它开始挣扎，胡乱地扑腾着翅膀，虽然翅膀上被我手指捏过的地方已经有些缺损，但它丝毫不愿放弃生的机会，用那残缺的翅膀奋力地争取着哪怕一丝生的希望。

我的内心有些动摇，低下头看了看自己的胸口，那块怀表仍旧挂在我的脖子上。

那是一个现实中的物件，被我"带"入了这个场景。这是我在学习催眠之初买来的道具，是一个信物，提醒着我，自己的真实身份是谁，提醒我这里发生的所有事是虚幻的。

渐渐地，那只生命力顽强的飞蛾也快没了力气，我看着它，恢复了理智。

"我"的独白里有过一段对于蝴蝶的描写，"我"想象中的蝴蝶，长着十只脚，五彩斑斓，还有三层翅膀……别说三层翅膀了，现在就连一瓣完整的翅膀都没有。

怎么办呢，怎么才能变出想象中的完美翅膀？

我想了想，转身朝着那个马桶看去，没办法，我只能硬着头皮，顶着难闻的气味重新走到马桶面前。打开马桶，又有几只扑腾的飞蛾溅起一些水渍往我面前洒来。

经历过一次的我已经没有那么在意了，只是专注地看着那些打着转的飞蛾，看了一会儿，有些无奈。

我又抓了另外三只飞蛾，把它们粘在一起——三层翅膀，还有十只脚，终于都有了，这才算完事。

接下来的步骤就相对轻松一些了。我先拿出了杂物堆里

正式被确诊

的彩色水笔,这一定是陈天小时候最喜爱的文具,笔尖已经画得毛糙,好多支笔已经没有了墨水,没有了墨水的笔,他就朝笔芯里灌自来水,这样画出来的颜色就越来越淡。

心爱的彩色水笔很快就要用完,我果断取出笔芯,灌进自来水,再把笔芯里的水挤出,滴在了白色的翅膀上。

淡彩色在翅膀上晕染开来,我的心也跟着欢喜起来。

真漂亮。

没想到真的能够在这里做出一只想象中那样的彩色蝴蝶。真是不容易,带着这般期待的心情,我小心地把翅膀一层层地粘在作业纸上,那只飞蛾的两侧又按照"我"的设想贴上了十只脚。

看着完整的成品,我却涌起了一种异样的感觉。

它的翅膀确实鲜艳,但那模样怪异,它并不是一只真的蝴蝶,它有着多于蝴蝶数倍的肢体,非常夸张,活像一个怪胎。

我心里有些不舒服。

可就在这时,墙上再次显现出了新的独白:"太漂亮了!我好高兴,这一定就是蝴蝶了吧!这一定是最漂亮的蝴蝶,我要把它送给我的老师,她一定会喜欢的。"和先前几段文字一样,这段话在我看完之后就消失了。

我重重地呼出一口气,看样子作业任务已经完成了,然而我并没有轻松的感受,反而多了几分担忧。

下一秒,我感觉自己走在了路上,场景已经切换,不在那间厕所里了。我正背着一个破旧的书包,一步一颠地往学校里跑,太高兴,太畅快了。

现在是早上，妈妈放我去上学了，那本夹着"蝴蝶标本"的作业本就放在我的包里，很快我就能把它递给老师了。

"老师，这……这是我的作业。"终于，我站在了老师的身边，带着激动和紧张的心情，双手奉上了我的作业。

"嗯，你把蝴蝶夹在这里面了吗？"老师不太明白，因为其他同学都捉来了活的蝴蝶，装在玻璃瓶里，只有我拿出了自己的作业本，但我仍然期待着老师的赞赏。

老师微笑着打开了我的作业本，第一眼看到我的"蝴蝶"时，她没有看懂，又盯着看了几秒，她的微笑渐渐地消退，取而代之的是不自觉拧起的眉头。

这些我都看在眼里，她的每一个表情，我都仔细地看着。过了一会儿，她有些不知所措地合上本子，把它还给了我。

"很好，很好。"她尴尬地提了提嘴角，其他的什么也没说，眼神飘忽地转向班里其他的同学，很快就从我身边走开了。

我能感觉到她已经不想和我说话了，甚至也不愿意看我一眼，只是礼貌地微笑着，却恨不得离我远远的。

我一定是惹她讨厌了，可是我以为她会喜欢的。

她为什么就这样，就这样放弃我了？

被自己深深敬仰的人讨厌了，这种耻辱感深入骨髓，更何况她是我唯一想要亲近的人。

我僵住了，足足有十分钟，或许只是十秒钟，我不知道，我什么也感觉不到了。

假的，都是假的，这个世界的笑容都是假的！都是骗我的，骗我上当的！都是为了取笑我设的圈套，只有傻瓜才会上当！

正式被确诊

我就是个傻瓜，以为她是真的关心我。

我的胸腔充斥着痛苦和绝望感，眼泪不自觉地流出，但我没有精力去注意这些，我的脑子已经被快速袭来的愤怒和委屈彻底攻占了。

我不想上课了，哪里也不想去。

让我忘记今天的事吧，我的生活已经毫无光彩，没有什么值得我继续惦念的了，能想起的事只会提醒我自己有多不讨人喜欢。

我一个人走出了学校，不知道自己能去哪儿。迎面飞来了两只长着翅膀的飞虫，颜色不是全白，翅膀上有些纹路。

哦，我一下子明白了，这就是蝴蝶吧！

突然，我的鼻子很酸，我想哭。我哭了，眼泪簌簌地落下，我只能拿手不住地擦。

这才是蝴蝶，这才是他们喜欢的蝴蝶。我的不是，我的什么也不是。

不知不觉间，我走回了家里。我把自己关进厕所里，放声大哭，看见那几只被我折腾过后留在地面上的飞蛾尸体，心中更加不快。

"不是蝴蝶，你们不是蝴蝶！"我大喊着，仿佛耗尽了所有的能量，我的内心虚脱而麻木。

我又哭了。我的恨，我的痛，就这样慢慢地释放了。

我看着破碎的飞蛾，就像看着自己破碎的心脏，就那么远远地看着，似乎痛苦全都放在了那里，不再存在于我的身上。

Chapter 03 孤独患者

我暂时麻痹了,感觉不到它了,让我得到了稍许的放松。

那些飞蛾的痛苦就是我的痛苦,我让它们尝到了我的痛苦,只有它们才懂我的痛苦,只有它们……

我想,我不再那么孤独了,于是不知不觉间睡着了。

等我醒来已经是第二天早晨,我还躺在厕所里,爸妈都没有回来过。不远处,那些飞蛾的肢体已经风干。

不知道为什么,我有些舍不得就这么扔了它们,我把它们全都用纸包裹起来夹在了我的作业本里。

之后的一段时间,我又恢复了原来的生活,爸爸妈妈没有留意我的变化,老师也不太关注我,甚至连我自己,都以为自己没事了。

生活还是和从前一样,只是在一段时间过后,我还会想起这件令我伤心的事情,一想起这事,心里就像被人揭开了伤疤,尚未愈合的口子涔涔地渗出血来。

我想叫那手停下,别再拨弄,可心就是这么不听使唤,越是想要禁止的事情就越是不停止。

我故意像过去一样,按时上课,按时回家,对人微笑,保持礼貌,就是不想让人看出我的异样,也不想让自己看出来。

直到有一天,我在路边看见了一只野猫。它毛发不齐,身子瘦小,并长满虱子,一看就是营养不良的流浪猫。

这模样多像我啊。

正式被确诊

一刹那,我呆立在了那里,内心突然产生一种冲动……想到它很快就能变成我的贴身伙伴,变成最懂我的宠物,我的心情一下子雀跃了起来。

我加快了步伐,还差几步就能抓住它了,就在这时,我感觉有什么东西在拍打我的胸口,我低头一看,原来是一块怀表。

我什么时候戴了一块怀表?

我猛地想起了自己的身份、名字和年龄,想起了自己是谁。

我赶紧停下脚步,闭上眼睛,口中念道:"现在,我倒数十个数字,从十到一,每数一个数字就离现实更近一步,等我数到一,我们都会回到现实中,十,九……"

当我数到一时,我睁开了眼睛,陈天就坐在我的面前,正看着我,我们俩就这么面对面地看着,什么话都说不出来。

第二章 无声的"美"

一

"怎么了,怎么了,你还好吗?"耳机里传来许警官的声音,我这才彻底被拉回现实中来。

我起身,走进对面的监控室。

"病人有虐待和反社会倾向,情绪痛苦时,伴有解离症状,呈边缘型人格特征,缺少稳定的情感控制和判断,对他人的反应极度敏感、脆弱,过度地依赖于某一个理想化的客体关系(他和老师的关系),一旦破裂,则走向完全不信任的一端。

他跳跃在极度信任和极度不信任的两端，缺少安全感，孤独感强烈……"我快速地组织着语言，概括出所有我所看到的，下了一个初步的诊断，一边向许警官汇报着，一边快速地在纸上记录。

"虐待和反社会……"见过的罪犯和嫌疑人多了，许警官对这两个词并不陌生，"他有这个倾向，那他有没有实质的行为呢，他是反社会人格吗？"

"这个……"我停下笔，对他解释道，"有过细小的残忍行为，但这种状态尚未成型，不构成严格的诊断标准。"我的意思就是他的这种倾向尚在形成的过程中，还未做出实质的违法行为。

许警官想了想，又道："我刚才听你们在那模模糊糊地说什么小时候的事情，你说的这些都是他小时候的事？"

听他这么一问，我立刻明白了，他是想说，如果这些都是陈天小时候发生的事，那么现在出现在我们对面的这个成年男子是不是早已经发展成了典型的人格障碍或者做过其他可怕行径？

我不得而知，想到这里，不寒而栗，我所经历的仅仅是他的童年生活。

回望童年，我们也许也有过捕捉蝴蝶、打死小虫的经历，想来多少也有些残忍，然而那时的感受和此次很是不同。

孩子们的天真不在于善良，而在于对善恶的全然无知，因为缺少对这些微小生命的了解和体会，我们很可能会做出这些细小的残忍行为。

正式被确诊

　　用心理学的语言可以说是缺少同理心，还不能站在对方的角度去想象我们的行为会给它们带来怎样的痛苦，还不足够理解生命。

　　对于我们而言，它们只是会动的玩具。

　　通常而言，随着年龄的增长，加上父母和学校的教育，我们能够渐渐地体会他人的情绪和感受，对动物也会产生出喜爱和怜悯。

　　我们希望它们快乐、健康、没有痛苦，就像我们自己一样，然而，如果一个孩子教育缺失，一直没有和他人建立稳定和安全的关系，也没有培养出正常的同理心……

　　那么情况就有可能向另一个方向发展，一个细思极恐的方向，像陈天一样。

　　"这个我不能确定，我不知道后来的他有没有变化。"想起那只猫，我心里打了一个寒噤。

　　"那你刚才为什么出来了？"许警官这是希望我能继续催眠陈天，兴许就能慢慢了解他现在的情况，这对案情更为关键。

　　"我……我需要休息。"我一时之间不知如何向他解释，这是一个涉及专业的问题，也是我最担心的问题。

　　我先前之所以犹豫要不要按照他的意志催眠下去就是这个原因——我很有可能会卷入其中。

　　拿演员演戏来说，如果一个演员过度投入一个角色当中，很可能在作品拍摄完成以后仍会置身于人物的情绪中难以自拔。

　　这种过于"入戏"的风险在咨询工作中一直存在，所以我给了自己一块怀表，在自我催眠的时候，我让自己戴着这块怀表，只要看见这块表我就能记起真实的自己。

正因如此，当我看见那只猫的时候才能在关键时刻惊醒。

想起来我仍有余悸，那一刹那，我几乎就是他了。

还要继续吗？

我深深吸了一口气："好了，我们继续吧。"

△
二

我再一次坐在陈天的对面，他似笑非笑地看着我说："还想继续吗？我说了没人会对我感兴趣的。"他的这番话就像一个恐吓，想要把我吓退。

我也笑了笑，对他说："嗯，继续，你的事情我很感兴趣。"

他轻微地皱着眉，有些始料不及。

一个极孤独的人是矛盾的，想要向人透露心事却又没有那个人，渐渐就习惯了。若这个人突然出现，心中反倒惶恐，失去了太久，反而更加害怕获得。

太过想要与人建立信任的关系，就更难以承受失败的痛楚，所以他给所有接近他的人设置障碍，冷漠寡言，不喜交际，就是在和我交流的过程中，他也要严格考验我。

既然我开口想要了解他，那就试试我是不是真的了解他，试试我的关心是真实的还是嘴上功夫而已。

这是他未说出口的期望，他没有发觉，当他开口问我是否还想继续，当他一遍一遍地给我设置障碍时，他的期待已

正式被确诊

经越发强烈。

事实上,他的要求非常严苛,出于自我保护,我完全可以拒绝,然后离开。

这不是必须要做的事,只是愿不愿意的事。

"那我们开始吧。"我准备好了,他没有拒绝。

几分钟以后,我的眼前一片漆黑,朦胧间,我发现自己盖着被子躺在了一张床上。这是一张陌生的床,在一间陌生的屋子里。

我在睡觉吗?

正想着,不远处传来一阵猛烈的敲门声,随后又有一串脚步声,快速地经过了我的房间门口,朝那敲门声的方向走去。

门打开了,敲门声也停下了。

"你不是上外地干活儿去了吗,怎么回来了?"问话的是一个女人。

"你是不是又带男人来家里了?"回答她的是一个男人,说话含糊,语带威胁。

"你上哪儿喝酒了,活儿又干不下去了?"女人不甘示弱,提高了音量。

"不是我干不下去……是老子不想干了!"男人大声一吼走进门里,就着一张凳子坐下,"快,给我拿杯水来。"

女人没听见似的摔上门,转过身走到了他跟前说:"你怎么又不想干了?"

"我还没问你呢,你是不是又招男人来家里了,是不是?!"他站起来,扯着嗓门儿喊。

"是啊,我就是带男人来了,怎么样,你想怎么样?!"女人也扯起嗓门对着他喊,"当年要不是我出去干这个,你那些钱能还完吗?"说到激动之处,声音颤抖。

"你还上瘾了是不是,是不是?!"男人在她的刺激下,明显动了气,抬手就给了女人一个耳光。

"啊!"完了他还不解气,一把抓住了女人的头发。女人想要挣脱,疼得直叫。

我在卧室里听得一清二楚。

先前他们开始吵架的时候,我想要下床去看看,当我挪到床沿时才发现自己的双脚悬空,和地面还有一段距离。

我反应过来了。

我现在是陈天,那个还未长大的陈天。

那房间外面的那两个人,是谁呢?那个男人正在狠打女人,如果现在出去,我会不会也被打呢?

我现在还是个小孩,真有些担心自己打不过他,即便如此,我还是从床上下来,慢慢地走到了房门口。

光线从门口照进来,我站在黑色的阴影里看着外面的两人,正要从门里走出去,男人瞥见了我。

男人目露凶光,狠狠地瞪了我一眼。女人的头被男人按在桌上,动弹不得,她的脸刚好面对着房间的门,也看见我了。

我想上前去帮她,她却闭上眼,狠狠地摇着头。

那意思是让我别出来。

我犹豫了,我的确打不过这个彪悍的男人,至少现在还不能,着急和无力交织成一种纠结的情绪,在我的心里上上下下。

我不知道该怎么办好了，只见男人忽然抓起女人的头，猛地向桌面一砸，女人没了声音，也不再挣扎，闭着眼睛任由男人摆布。

我再也看不下去了，想要冲出这个房间和他拼个你死我活，就在这时，我的耳边响起了一个声音。

那声音很轻柔，但是异常清晰，就连眼前的彪悍男人发出的所有声响都被盖过，他的动作仿佛在演一出默剧，而我的耳边出现了独白。

"这就是我的父亲和母亲。"一句话就让我呆立在了那里。

我不是没有猜到这种可能，只是当这话被陈天说出来的一刹，它仍然击中了我。

顷刻间，所有的蛛丝马迹都在我的脑中缠绕了起来，这两位长期缺位的至亲，事实上在他的生活里扮演了重要的角色。

父亲常年不在家，那些被关在厕所的下午，或许就是母亲为了生计带了男人回家。

因为无论如何不能被孩子看到，所以关着他，一个下午也不放出来。这已经是母亲为了保护孩子的自尊做的最后一点努力，只是当年的陈天，或许不能够完全理解。

"最后的这几分钟是我在家里感受过的最平静的时光，父亲是平和的，母亲也没有了痛苦。她的脸庞是那么柔和、美丽，不再狰狞，我甚至希望她就一直这么睡着，不再醒来。"

他的独白再次响起，声音显得平和，甚至有些向往。

我不知道这是不是好事，但我心里很是为他悲哀，因为没有人告诉他这根本不是平和，这种理解太奇怪了。

"从那以后，我就不太喜欢会动的东西。"陈天的独白继续在我耳边响起，"妈妈没有死掉，过了一天她醒了。爸爸已经走了，她揉了揉脑袋又起来给我做饭，但是我心里很不安，生怕她再一次倒下。

"这样反反复复，什么时候是个头呢？我们的生活一如死水，只是当爸爸出现的时候，家里就有了声音，我不喜欢的声音。

"所以从那以后，我就不喜欢发出声音，也不喜欢动，这么安安静静的，没有什么不好。"他这么说着，我眼前的画面又自动发生了变化。

映入我瞳孔的是一个玻璃罐子，这个罐子离我如此之近，以至于我看不到其他的东西。罐子里装满了水，阳光透过罐中的水，反射出金黄色的光芒，水里有一条金鱼，红色的鳍和红色的尾，可爱极了。

罐中的水好像刚被人搅动过，正以顺时针方向旋转着，鱼儿也跟着水势旋转、畅游，然而，我看着看着，那水渐渐趋于平静，鱼儿从水波的高处滑落到罐子的低处。

整个过程里，它的鳍和尾一动也没有动过，直到最后，水面完全静止，那鱼也坠至了水底，摇摇晃晃过后，朝着一侧躺倒下去。

原来是条死鱼！

原先的可爱感觉顿时消失殆尽，我本能地把脸往后退去，

正式被确诊

这才发现,原来自己的右手一直拿着这个玻璃罐子,正在观赏这条鱼。

我赶紧把罐子放下,就放在面前的一张桌子上。

这张桌子我曾经见过,在陈天的家里,就是"我"的家里,只是桌椅都陈旧了不少,家中摆设有些变动,还多了一个沙发,而我正坐在那个沙发里,身上穿着短袖上衣和大裤衩。

这种休闲的装束,让我想起了自己在家里的时候,当我这么一想,我立马又打量了一番自己的身体,瘦长的手臂和腿。

我已经不是那个孩子了吗?

在我旁边还趴着一只猫,我伸出手想要抚摸一下这只黑色的猫,可当我的手碰到这只猫的后背时,我又立刻收回了手。

它的背是硬的,像一块石头那么硬。

接着,我干脆一动也不动地坐在那里,面前那个玻璃罐子的表面,在光线作用下映射出我的脸,那是陈天的脸,"我"已经长大了。

"我喜欢这个安静的家。"他的声音再次出现,"当他们都不在的时候,我一个人并不寂寞,我有自己的朋友。"

他说的朋友,就是这些死物吧。

那个玻璃罐子里装的水,应该是混合了福尔马林和酒精的透明液体。这是一种浸制标本,在做成标本时,需要在鱼儿还活着的时候让其窒息死亡才能保留这般栩栩如生的样貌。

这只猫我就更不敢细想了,但这就是他的朋友,是他寂寞的时候陪伴他、安抚他的亲密伙伴。

我想起陈天在附近的火葬场工作，这里面似有一种必然的选择。

接近死物，获取死物，甚至沉迷死物……

"所以，你能想象当我某一天下班以后听见有人敲门有多么困惑吗？"陈天在向我发问。

我想他的意思是这敲门声打破了他的宁静。

他没有朋友，也不曾告诉别人他的住址，想不出会有谁来敲他的门。

我正这么想着，就听见了一阵敲门声，心下陡然一惊。这就是他说的敲门声了吗？现在，会是谁呢？

我从沙发上起身走到门口，门上有一个猫眼，我朝那里看去。

从我的角度来看，外面站着一个比我矮许多的女孩，女孩留着长发，我只能看见她的头顶。

这多少降低了我的一些不安，我缓缓地打开门，只开到三分之一，能露出脸的角度便停下了，还没有说话，女孩就开口道："这是你落在医院的笔记本。"

医院？我觉得这个地方有些熟悉的感觉，但我没有对任何人说过住址，她怎么会找到我家里来，就为了送一本遗落的笔记本？

我接过笔记本，道了一声感谢。

随手一翻，却看见那只"我"在童年时期做出的"蝴蝶"，我把那只蝴蝶都夹在里面了，那这里面很可能记了一些我私人的事情吧，比如日记，比如……

我想着，心里又有一丝紧张，想赶紧关门了事，女孩又说道："上一次我提议的事，你考虑得怎么样了？"

"上次的事？"

女孩有些焦躁起来："就是上一次，我在医院里问你的事，我们……能不能交往？"

交往？没想到，居然有女孩会问"我"这个问题，我可是对任何人都不爱搭理的性格，所以，她只是假借还笔记本，跟踪我到了我家门口其实就是想问这件事吗？

"为什么想和我交往？"我问了一个中规中矩同时也是真正困惑的问题。

"我……我和你一样，和谁都不想说话，正因为如此……我只想和你交往。"

和我一样？我忍不住撇嘴笑笑，这个女孩知道真实的我是什么样子？不，她肯定不知道，敢提出和我交往，胆子真大。

"我不和任何人交往。"我冷冷回道，正要把她关在门外，忽然间想起了什么，我的手停住了。

女孩见我犹豫，就再次把门打开，问我："为什么，我也不行吗？"

我的脑中一片乱麻，我告诉自己，现在我就是陈天，陈天会怎么回答？

很快我便脱口而出："不行。"

"那要怎样才可以，你会和什么样的人交往？"

我想了想道："不会动的人。"

三

女孩睁大眼睛看着我，但从她的神情看来并没有受到惊吓，反而更靠近了我一些："我能理解……人如果不会动就太好了。"

看着她纯真的双眸，我有些呆住了。她能理解我，她大概是这个世界上唯一能理解我的女孩了吧。

"如果我不会动的话，你会对我有兴趣吗？"她没有表示厌恶或者拒绝，反而在认真地考虑我提的条件，甚至对此没有任何异议，期盼着我的回答。

我确实心动了，仔细看看，这样一个长发女孩，样貌乖巧，平日里只是过于低调，若换上一身靓丽的衣裳一定很好看。

等等，她真的知道我说的不会动是指什么吗，她理解的不动和我说的是一个意思吗？

我深知像我这样的人是不可能拥有伴侣的，她一定没有理解，只当我在说一种装作一动不动的游戏，而我所说的那种亲密关系，必定有一人要献出生命，不可能有人同意的。

然而被她挑动的欲念让我禁不住动起了心思："进屋来坐吧，我给你倒杯茶。"

我把门打开，邀请她进来，等她进门以后，我悄悄把门反锁了，正想去收拾桌上的鱼和沙发上的猫，但是已经被她看见了，我也就不刻意隐藏了，反正……

我去厨房给她削水果吃，把水果刀别在了裤子的后面。

等一下她想去厕所的时候，我就打开门下手，那里空间小，

正式被确诊

好清理。把这些都考虑好了以后,我端着一盘刚切好的苹果走到她面前。

她正坐在沙发里,打量着我的猫,不知道她会不会害怕,我观察着她的反应。

"这猫真漂亮啊。"她伸手抚摸着猫的背,却一点异样也没有,还说出了夸赞的话,我没太明白,她又转头看向我道,"就是做得太硬了,我不喜欢这么硬邦邦的,我还是想要软软的身子,就像现在一样。"她捏了捏自己的手臂,微笑着。

原来她已经想到了吗?我不可置信地看着她,彻底说不出话来。

她准备放弃生命了吗?被她看穿了心思的我,此刻突然没有了自私的勇气。

她是有所准备的,这么说,她一定不可能轻易被我算计,她一定是故意的,为了拆穿我,暴露我,故意顺着我,到我的家里好当面嘲笑我,羞辱我。

我想起了我的老师,我的爸爸……

一种不安的感受涌上我的心头,我一点也不想接近这个女人了,只想离她远远的。

我站起来,低着头不愿再看她一眼,指着门对她说:"你走吧。我还有事。"

她从沙发上站起了身,走到我面前,却没有马上朝门的方向走去,而是又靠近了我一步,在我的耳边轻声地说了句话。

说完她就朝着门外走去,留下我一人怔怔地站着,没了主意。

我的眼睛慢慢睁开，看着对面。陈天的眼睛也慢慢睁开。

"我没有什么要说的了，你都懂了。"说完，他便低下头，再不愿多说一句。

许警官的声音传入我的耳朵里："怎么回事，结束了吗？"他对于我们的中断不太满意，不过在我看来，已经结束了。

我俯身在笔记本上写下"柳荫路七号"，撕下这页纸，走到隔壁交给许警官。

"去这个地方找找吧。"我说。

"这里？"他皱着眉，"什么意思，为什么去这里？"

我想了想，反问他道："那个女孩是不是一头长发，身材娇小，不到一米六？"

他先是一愣，旋即瞪大了眼睛："我没有告诉过你这个。"

家属提供给警方的照片只是她在单位的工作照，头发盘在脑后，看不出长短，更看不出身高，而更具体的信息他们并没有给我看过。

那女孩就是让警方苦苦寻求的失踪女孩——余小美。女孩在医院上班，平日里独来独往，近来因工作原因和陈天有所来往，找过他不止一次……

只有她了，不会是别人。

"哦，因为我见到她了。"

"你见到她了？"许警官疑惑不解。

"嗯，她告诉我，她在柳荫路七号。"

"啊，可是……可是那里已经拆了，什么都没有了啊。"

我打开手机搜索着地图，仔细一看，恍然大悟："哦，

正式被确诊

她说的应该是房子对面的那条河,下沙河。"我赶紧和许警官详细地讲述了我的想法和推测。

当天晚上,警方在下沙河里捞出了一具女尸,尸体的身份确认是余小美。

她已经死了。

我这才明白为什么陈天在余小美离开以后没有离开自己的屋子,也没有去找过她,因为他始终不确定余小美是不是来真的,也许下一秒,余小美就会再次出现在他的家门口。

他们没有交换过联系方式,他的住处是他们唯一私下相处过的地方。如果她是来真的,就只能在下沙河里见到她了。

他是矛盾的,他不知道自己想要见到的是哪一个她。

女孩对我说的原话是:"你不要动手,三天以后,到柳荫路七号找我。记住这个位置,我会保留完整的自己,这样不用留下刀口。"

人找到了,她用一根麻绳在自己脚腕上绑了一块大石头,接着将自己沉入了河底。

按照我的催眠报告和陈天后来的自述,徐小美的死和他没有直接关系,至于徐小美为何会有如此怪异的行为和想法,我就不得而知了。没有人来告诉我,这也不是我的工作范畴,她一定有自己的理由,但那又是另一段故事了。

又过几日，我从许警官那里听说，失踪女孩余小美的案子或许有新的进展。

"新的进展？人已经找到，还有什么新的进展？"我问他道。

"警方最后确认案件细节的时候，在他的家里发现了打斗的痕迹。陈天家里的桌角处有碰撞的痕迹，而余小美的尸检报告里提到她后脑勺有一处创面，和桌角的大小及硬度正好吻合。"许警官从专业角度进行了说明。

"这……"我十分诧异。

"也就是说，在余小美死前，见到陈天以后，并不是完全像陈天告诉你的那般相处融洽，他们很可能有过争吵，而余小美在这个过程里受过伤。"

证据当前，我无法反驳，可是回想当时和陈天一起进入催眠状态当中的情形，那是非常深入的，陈天的情感也很真实。

怎么会有这么大的出入呢？虽然当时我也有一种不真实感，总觉得太不可思议了，惊讶于居然有这样的一个女子存在，我一时不知该如何解释。

究竟那天还发生了什么，他在骗我？为了什么……

忽然，我想起了一个细节，那个细节被我记录在当天的笔记本上，我赶紧翻找出来确认，最后，对许警官说："请务必再次对陈天的精神状况进行诊断，因为……"

一周以后我又来到了警局，这一次不止有我，还有警方联系的精神鉴定单位派出的精神科医生。

正式被确诊

我们的观察将由这位精神科医生做出最后的诊断,这一次我来的目的也和上一回有了很大不同,关注的焦点不再是如何套出他脑中的信息,更多的是加深对他的了解。

我们对他进行了全面的测试,也查看了他在拘留所里的大量监控录像,结果果然如我先前所料。

他已经患病。

负责看守陈天的警员向许昊反馈,曾经看见陈天走进厕所以后迟迟不出来。于是他也走进厕所,结果看见陈天正对着马桶说话,说完了话才走出厕所。

过后他询问陈天为什么不上厕所却对着马桶说话,陈天却不承认,说没这回事,当时他只是觉得陈天撒了谎,没有太过在意。

然而,在我们查看监控录像时,也发现了几次类似的画面。

不久,我又见到了陈天,我问他:"你还记得那天小美对你说完那句话以后去了哪里吗?"

"你不要动手,三天以后,到柳荫路七号找我……"

"她?说完她就走了。"

"你确定吗?"我看着他,再一次向他确认。

在我的反问下,他重新回忆起来,撇开眼神不再和我对视,甚至闭上眼睛专心地回想。

那天在催眠中,她对"我"说完那句话后就朝门口走去了,可是接下来呢,他真的看见小美离开了吗?

"我好像……想不起来了。"他皱着眉,有些吃力,"我记得她走了,后来……后来的事我就想不起来了,好像断片了,我想应该是的,她应该走了吧,她去了柳荫路……"他说不下去了,感觉脑子像一个黑洞,把重要的记忆全都吸了进去却取不出来。

我想起自己第一次对他催眠过后,曾在笔记本上写下一大段的记录:"病人有虐待和反社会倾向,情绪痛苦时,伴有解离症状……"

解离症状最初表现在他把作业交给老师受到打击的那一刹那,他当时的独白是:"我僵住了。足足有十分钟,或许只是十秒钟,我不知道,我什么也感觉不到了。"

这也是我当时的感受,催眠中的我深入体会着他的心情,确切地说,那一刻我是感觉不到自己了。

我看着那个被老师厌弃的孩子,就像看着一个事不关己的旁人,感觉不到痛苦,感觉不到愤怒,也感觉不到自己。

这种自我感破碎的状态,就是解离的症状,在最为痛楚的一刹那,精神和身体分离了,屏蔽了,好像在看一件发生在别人身上的事情。

朦胧混沌,没有真实感。

这是一种自我保护机制,然而当这种机制慢慢形成病态以后,这种解离就容易不受控制,甚至会出现断片、失忆等症状。

随着年纪增长,他的记忆出现了错误,记忆断片的地方应该就是和实际情况有所出入的地方。

正式被确诊

　　结合警方的证据，余小美的后脑有伤痕，或许余小美和他说完那句话以后并没有马上离开，他们还发生了口角，在这个过程中，他弄伤了余小美。

　　可是有点说不通啊，他们为什么吵架呢？我又想到了另一种可能，会不会余小美根本没有对他说过那句话？

　　我抬头，微笑地看着陈天："今天就到这里吧，有空了我还会来看你。"

　　他点头回应了我。

　　最后，我们又互相注视了对方一会儿，才真正道别离开。

　　我心里怅然，希望他能记得我们的道别，至少我的微笑是真实的。

　　提交了我的所有观察报告，我告诉许警官，我准备休假。我要给自己一段时间去调整状态，好让自己从这个"角色"里跳出来。咨询师也有自己的局限。

　　我忽而明白，人世间有太多的角落，我无力触碰。

　　我只是一个凡人，救不了苍生。

END

Chapter 03 **孤独患者**

【调查日记03】

调查对象：陈天

调查结果：因为原生家庭问题造成心理创伤，性格孤僻，有反社会倾向。

备注：所以余小美究竟是怎么死的？（请写下你的推理结果）

获得道具：陈天的标本图集。

Chapter 04

病变患者：32号病人

病变起因：妹妹

正式被确诊为精神状态不稳定

32号病人

病变级别：SR

诊断人　北诉

他在单独汲这一天中，不知道轮回了多少次。

绝★密
绝密资料，严禁外传。

Chapter 04
32号病人

作　者　北评

作者介绍　知乎人气作家，最擅长脑洞怪谈，自称世界第一勤奋写手，号称永不拖更。

唯有时间，能对抗时间。

⚠

我不太喜欢 32 号床的那个病人。

三十来岁，头发稀疏，黑眼圈很重，面色枯黄，每次躲在角落里看我的眼神，都像是下水道里肥腻的老鼠，阴沉又贪婪，让人浑身起鸡皮疙瘩。

他是大半年前转来我们这儿的，院长本来不想收，推托了好几次，最后被有关部门的领导下了死命令，实在没办法，才不情不愿地接收下来。

我问过护士长，为什么院长不待见这个病人。护士长瞥了周围两眼，才小心翼翼地说："白虎山转过来的病人，谁敢收？"

"白虎山？上个月被一把火烧了的城南那个老精神病院？"我依稀记得这个名字，当初毕业后也报考过那家，可连笔试的通知都没接到，就被刷了下来。我至今都不知道他们家招人的标准是什么。

"可不是？"

"为啥白虎山的不收啊？"

"你一个小姑娘，刚入行，不懂这些门门道道。"护士长小声地叹了口气，"以后你就知道了，我们这精神病院里的病人，是脑袋不好；白虎山的病人……都是真的有问题。"

我没来得及问清楚护士长嘴里的"有问题"到底是指什么，她接了一个电话，匆匆离开了，临走前只给我甩下了一句话：

"离那家伙远一点。别犯傻。"

过了一段时间，我才隐约明白了护士长的意思。

起初，我还有些同情那个病人。

我看过他的档案，父亲早逝，母亲改嫁，一个人带着比他小5岁的妹妹在老家生活，结果在他19岁那年，妹妹意外死亡，只剩下他孤零零一个人。之后他就出现了症状极为怪异的人格分裂倾向，22岁那年，被送进了白虎山精神病院住院治疗。

我想，一定是因为妹妹的死亡刺激到了他，才让他变成了这个样子。

所以他住进来没多久，我就开始细心地照顾他。他被院长安排在一个独立的小黑屋里看护，那原本是只有我们这儿最危险、最麻烦的病人才安置的房间，他却直接享受到了这

正式被确诊

种"礼遇"。

他搬进来的时候,手脚上都戴着镣铐,穿着一件蓝白条纹的束缚衣,有些佝偻,神色木木的,只有鼻翼偶尔触电似的轻微抖动一下,比起看人,他似乎更喜欢眯着眼睛,用气味来分辨周遭的环境。

"你好,我叫祝卿,接下来你在咱们这儿住院治疗的时间里,由我来负责你的日常起居。有什么事情,可以随时按床头的铃找我。"

我主动向他示好,声音尽量和缓,生怕刺激到他的精神状态。

他听完之后,半晌没说话,只是缓缓抬起了头,翻着眼皮,用一种古怪而冰冷的眼神看着我。

然后,缓缓舔了舔嘴唇。

不知道是不是我的错觉,我总觉得他看我的眼神,像是看着一头在祭坛上等着被奉献出来的扒光了皮的白嫩小羊。

一想到这儿,我的两臂上起了一层密密麻麻的鸡皮疙瘩。

⚠ 2

说来也怪,自从 32 号病人来后,没过多久,我就开始做噩梦。

梦境很真实,真实到了恐怖的地步。

那段时间里,我经常满头大汗地从床上惊醒,看着窗外的刺眼阳光,怔怔地坐在床上。我缓缓摸着自己白皙的脖颈,梦中那双粗硬的手和紧紧勒住我的粗糙质感的麻绳还仿佛缠绕在那儿，粗重的喘息声和黏稠到令人作呕的恶心唾液顺着我的胸口滴落，梦中的破碎残影在我脑海里一闪而过，我本能地绷紧了足弓，浑身颤抖，恐惧和战栗占据了我的整个大脑。

我没敢告诉同事，生怕她们觉得我是工作原因太过紧张了，从而觉得我不适合现在这个岗位。我更怕护士长或者院长知道这件事后会辞退我，这份工作得来不易，我不能因为这种荒谬的原因失去它。

我只向我的男朋友刘阳吐露过这件事。

说是男朋友，其实我们已经见过了彼此的家长，谈妥了明年的结婚事宜，他已算是我正式的未婚夫了。他是我的学长，爽朗干净，也是这家医院的主治医生之一。

但是医院里知道我跟他关系的人并不多。

他怕人说闲话，我则是怕人知道，我能进来，有一部分是依靠了他的关系，所以我们保持了一年多的地下恋情，准备等到正式筹备婚礼的时候再向同事公开。

我没把噩梦全部告诉他——害怕他怀疑我有什么不对的心思，那可是跳进黄河也洗不清了——我只跟他说，我最近不知道为什么，做了一些关于病人的噩梦，让他给我做一些简单的心理疏导。

可不知道为什么，他的脸色很不好看，过了一会儿才问我，是不是跟那个新来的病人有关。

我心里一惊，没敢接话。

他沉默了一会儿才问我，愿不愿意辞职，离开这家医院，

正式被确诊

他会动用关系把我送到另一个私人诊所，待遇更好，而且不累。

我没想到他的反应居然这么过激，又是心虚，又是惊慌，生怕他误会了什么，连说不用。他却没有再说话，只是看着我，脸色越来越差。

我终于发现有些不太对劲了，问他，是不是最近太累了。

说着，我走近了他，伸出手，从他的头发里精准地找到了一根白发，轻轻一提，把它拔了下来："看，最近又熬夜加班了是不是，白头发都出来了。"

我很喜欢给他揪白头发，他平时工作辛苦，时不时会冒出一两根来，在家的时候，我很喜欢靠在他的怀里，他看书查资料，我就这么在他满头茂密的乌发里寻找新出头的白发，然后手指轻轻一掐，把它给揪出来。

可这次不知道为什么，他的反应很激烈，一把把我推开，没有说话，神色却更加阴沉了。

我的火气也一下子上来了。

那天我们吵了一架，因为是在办公室的缘故，所以没闹大，最后不欢而散。我既不知道他出了什么事，也不知道他到底对我的梦境知道多少，他只是一直保持一种不想跟我说话的样子，又阴沉，又恍惚。

回到家之后，我越想越气，忍不住打了个电话给闺密杜雪，跟她抱怨这件事情。

没想到，她对刘阳没什么意见，反倒是对我的噩梦备感兴趣。

"梦见了谁……"她贼笑嘻嘻地问我。

"滚开。"我没好气地回道。本来这几天心情就不好,又遇到了这档子事,任谁的心情也好不了。

"好啦好啦,不过如果是做噩梦的话,我倒是可以给你推荐一个地方,说不定有奇效。"

"我自己就是在精神病院工作的,大姐,你该不会是要推荐我看什么心理医生吧。"我对杜雪太了解了,她家境优渥,长相可爱,平日里的活动不是名媛聚会,就是逛街喝下午茶,她能给我推荐什么治疗噩梦的好地方,我是一个字都不信的。

"真的。"电话那头信誓旦旦,"我身边一个朋友亲测过,也是做了大半个月的噩梦,去了一次就好了,特别灵验。"

"还有这种地方?是哪家诊所?"我半信半疑。

"不是诊所啦。"

"那是哪里?该不会是什么道观寺庙,或者塔罗占星之类骗人的玩意吧。"

"都不是都不是,是一家密室逃脱店。"

"什么?"

"密室逃脱,一家叫作'噩梦乐园'的密室逃脱。"

3

我真是脑袋里进了水,才会真的信了杜雪的鬼话,按照她给我的名片找来了这家商业中心最偏僻角落里的密室逃脱店——噩梦乐园。

牌子很小,黑色烫金,低调中不失精致。

正式被确诊

我推门进去。

柜台前坐着一个穿着黑色燕尾服的大头胖子,见我进门,笑嘻嘻地迎了上来。

"玩密室?"他微微欠身鞠躬,语气热情。

"不……是朋友介绍来的。"

"我们店不在任何网络平台做宣传,全靠客人口碑,能找上门的基本都是朋友介绍。"他仍然在笑,可不知道为什么,看到他那张大得出奇的脸上堆砌出来的营业笑容,我本能地觉得有些不太舒服。

"我不是来玩的,我最近……最近老是做噩梦。"

"哦……"他的笑容不变,只是拖长了音,上下打量了我一番,"什么样的噩梦?"

"很难形容,很恐怖,梦里我像是被鬼压床了一样,一直被一个人侵犯着,我想要逃,可怎么都逃不掉,那种感觉非常真实,而且是不断做同一个梦,只是梦里的场景不一样,很多次的结尾,我都被那个人用绳子勒死……"

"听起来挺有意思。"他嘀咕着,粗短的手指在胸口拨弄着,似乎盘算着什么,"进来吧,来做个检测,就什么都知道了。"

有意思?

我顿时怀疑自己是不是遇上了什么变态,而且——如何在密室逃脱做检测?

我满怀警戒地跟着这个胖子,进入了里面的房间。

房间很昏暗,看不太清楚里面的布置,只隐约看得到一些人影走动着。

他指了指门口不远处的一张床,让我躺下来。

我有些抗拒,总觉得好像不太安全的样子,只坐在了床上,准备问他打算怎么检测。可是不知道为什么,我刚刚沾上那张床,困意顿时席卷而来,我甚至不知道自己是怎么躺下来的,就昏昏沉沉地进入了梦乡。

等我再次睁开眼醒来的时候,发现床头亮着一盏灯,大头胖子坐在灯下的沙发上,小眼睛里目光闪烁,光和影在他的身下交错,半个身子埋藏在黑暗之中。

我注意到,他脚下的影子被拉得很长很长。

"我怎么睡着了?"我心虚地小声问道。

他没有理我,而是忽然反问:"你确定你的症状是……噩梦,而不是失眠?"

"是噩梦啊。"我有些错愕。

"奇怪,身上是残留着一些味道……不过……"

他眯着眼睛,像是在思索着什么。

"医生……不是,老板,我到底是出了什么问题?"看到他这个样子,我不免有些紧张起来。

"没什么问题。"

"可是,我的噩梦……"

"你没有噩梦。"

我眨了眨眼,一时不知道该怎么说:"但我前段时间,一直都在做……"

"真的没有。"

正式被确诊

他摘下礼帽，轻轻掸了掸，用一种意义不明的语气平静说道："不仅没有噩梦，你起码已经一个多月没有做过任何梦了。你睡得非常香，很快就进入了深层睡眠，脑波也趋近于平稳，这是身体非常健康的特征，恭喜你……祝小姐。"

4

从噩梦乐园回来后的第二天，正好轮到我执勤。

给 32 号病人送早饭的时候，我像往常一样把餐盘端到他的床边上，他整个人蜷缩成一团，像是蚕蛹一样裹在被子里。

他似乎习惯这样睡觉，我听医生说过，这是极度缺乏安全感的表现。

他平时睡得很浅，极少有这个点还没醒的情况，我不准备打扰他，轻手轻脚地准备离开。

他却忽然在睡梦中抽动了一下鼻翼，猛地惊醒，一个激灵，从床上翻身坐了起来。

我跟他四目相对。

噩梦里的记忆碎片如同潮水一般涌来，我的脖子上又传来某种粗粝的刺痛和窒息感。我几乎是下意识地看向他的手掌——粗糙，皮肤开裂，指甲很长，像是很久没有修剪过。我甚至能闻到那股夹杂着腥臭和汗味的刺鼻气息扑面而来，呼吸不由一滞，往后倒退了两步。

他直勾勾地盯着我，双眼充血，像是一只原始的野兽。

忽然，他咧开嘴笑了。

"你想逃。"

我听不懂他在说什么。

"可你逃不掉的,我们……我们有的是时间。"

某种本能的战栗慢慢从脊背上渗透开来,我想要说点什么,可喉咙像是被堵住了一样。我看着他,看着他瞳孔里倒映出来的自己,双腿像是麻木了一样动弹不得。

"你想起来了什么,对不对?我知道,你记得……你记得那些从来没发生过的事情……可那又怎么样?只要我想,我现在就可以把你——"

我几乎觉得他就要扑过来了。

可他没有这么做。

他只是慢慢地盘腿坐在了床上,脸上的笑容越来越扭曲。

——像是在开餐之前的弥撒祈祷,尽管已经迫不及待想要享受眼前的美味,却愿意用等待的时间,让期待的滋味变得更加迷人和香甜。

△5

三天之后,我是在家里接到那个遗言电话的。

那是一个金色的傍晚,我坐在窗边,一边小口小口地喝着奶茶,一边看着远处的火烧云发呆,耳机里回荡着悠扬的乡间小调,让人几乎感觉不到时间的流逝。

忽然,手机铃声响起,是一个陌生号码。

屏幕上没有显示"骚扰电话"的提示,也不是"快递"

正式被确诊

或者"外卖",就是一个普普通通的陌生号码。

"喂,你好。"我犹豫了一下,还是接了起来。

"哈……"

电话那头传来剧烈的喘息声,还有呼啸而过的风声。

"哪位?"我皱起了眉头。

喘息声越来越激烈。

就在我以为是个无聊的骚扰电话准备挂掉的时候,一个嘶哑的声音终于响了起来:"……是你干的?"

短暂的错愕之后,我分辨出了声音的主人。

是 32 号病人。

"你哪来的电话号码?"我问。

病人在医院里的一切都受到严格的管控,绝对不可能拿到手机的。

"嘿……是你干的?是你干的?"

他不停地重复着一句话,声音越来越快,像是恶魔的呢喃,又像是来自地狱的诅咒。

"你在说什么?"我有些害怕,"你在医院吗?"

"不。"

他顿了一下。

"不是你……不是你……是……是她。她回来了。"

我不知道他在说什么。

与其说他在跟我说话,不如说他其实是在喃喃自语。我从来没有听过他这样的语气,恐惧、痛苦……还有无法控制的颤抖。

"我欠你的，你要，我就还给你。"

在我愣了一下，还没明白这句话究竟是什么意思的时候，耳机里忽然传来了尖锐的风声，然后是剧烈的撞击和破碎声音，差点震碎了我的耳膜。

然后，电话挂断了。

△6

32号病人死了。

他是从医院的天台上跳楼自杀的。他趁看护他的小护士不注意，偷偷从床上溜了出去。路过二楼大厅的时候，还顺手从大厅的椅子上拿了一部不知道是哪个倒霉的病人家属的手机，穿过破旧的老楼走廊，用一根铁丝敲开了生锈的门锁，从消防通道的楼梯爬上了天台。

然后，他给我打了一个电话，从天台上一跃而下。

△7

警方很快介入了这个案子。

无论什么时候，有病人在医院自杀，永远是令人棘手的麻烦事，更何况我们是精神病院，多的是不怕闹事的家属。

所幸的是，32号病人没有任何亲朋，甚至似乎连好友都没有，他就这么孤零零地活着，然后孤零零地死去。

用我们护士长的话来说，医院出个钱，给他火化了，找

正式被确诊

个公墓一埋，也算尽了人事，不亏待他。

我猜院长也这么想。

可警方的到来比我们想象中快很多。

电话挂断后没多久，我就从单位的微信群里看到了现场的视频。32号病人的尸体扭曲地摔在地上，像是成了一摊血肉模糊的红泥。

我没敢告诉任何人，我接到了他临死前的最后一通电话，包括刘阳。

那天晚上，我一宿都没有睡着，每次想要闭上眼睛，耳边都像是传来了他的声音："……你要，我就还给你。"

第二天一大早，我顶着重重的黑眼圈来到医院，发现跳楼的现场已经被围了起来，大楼里每个房间似乎都传出窃窃私语，讨论着这场突如其来的自杀。

一个女人站在围栏边上，穿着黑白相间的金边制服，短发，手里点着一根烟。

在她把证件出示给我看之前，我完全没法相信，她竟然是一名警察。

"秘警九龙司，叫我屦就行。"她的语气很平淡，刚跟我说完，口袋里的电话铃声就响了起来，她冲我做了一个抱歉的手势，然后转过身接了电话。

"……对，这儿的现场我看了，确实已经死了……什么，关着的那个家伙又消失了？他梦里的时间到几点了？先把人找回来，等我回去再说。"

都是一些我听不懂的话。

我耐心地站在一边。我有一种奇怪的预感，她是在这儿专门等我的。

果然，电话还没打完，护士长就匆匆从楼里走了出来，看到我，愣了一下，连忙介绍道："这是负责调查这次自杀事件的沈警官。沈警官，这就是你要找的小祝。"

名为靥的女人挂掉电话，点点头："我已经知道了。"

说着，她转向我，问道："刚刚我们调查后发现，死者临死前的最后一通电话就是打给你的，是吗？"

"是。"

"你知道他是挂掉电话的瞬间，跳楼自杀的吗？"

"……知道。"

"他跟你说了什么？"

"一些乱七八糟的怪话。"

"怪话？"

我把32号病人在电话里说的所有内容都复述了一遍，听完之后，靥的眉头深深地皱了起来。

"又是一条从白虎山出来的漏网之鱼……"

"漏网之鱼？"我问。

靥摆了摆手，原地踱了两步，问："自从死者来到你们病院之后，有没有发生过什么奇怪的事情？"

"奇怪的事情？"我张了张嘴，脑海中忽然闪过一个喘着粗气拼命挣扎的破碎画面，有些迟疑道，"我……我这段时间一直做噩梦，算不算奇怪？"

"噩梦？"

正式被确诊

我有些不好意思地把噩梦的内容大致告诉了她。

蜃听完之后,喃喃自语:"又是噩梦……那边的事情还没结束,这儿又要再去找那个大头胖子帮忙了吗……"

大头胖子?

我的脑海里立刻浮现出了那个穿着燕尾服,头戴高礼帽的古怪身影。

"你说的,不会是噩梦乐园的那个老板吧?"我小心翼翼地试探着问道。

蜃转头看向我,语气不自然地顿了一下。

"你认识他?"

"你是说那个店老板吗……不算认识,朋友介绍的,我去他的店里看过一次。"

"然后呢?"

"他说,我没做过噩梦。可我已经连续做了个把月了……"

我有些委屈。

蜃沉默了一会儿,掏出手机,很快又拨通了一个电话。

"……一个护士,你还记得吗……对……对……没有?"蜃的嗓门略略抬高了一些,我蹑手蹑脚地站在一边,偷听着他们的对话。

"没有是什么意思……唔……你确定?"

"……"

"好,我知道了。"

挂掉电话,蜃转过头来看着我,又看了看在一旁站着的手足无措的护士长。

"走吧，带我去你们的档案室看看。"

△8

关于32号病人的卷宗，装在一个蓝色的文件盒里，上面贴着机密的贴条，连护士长都没有打开看过。

听说，只有院长一个人看过这些资料。

厣没有避讳我们，当着我们面就把文件盒打开了，里面的东西不多，而且多半都被烧成了焦边，像是从火场里抢救出来的一样，还有不少残页。

厣很快就看完了这些资料，双手抱臂，靠在椅子上，像在思考，又像是在发呆。

护士长给我使了个眼色，示意我留在这儿陪同，然后自己悄悄地溜了出去。

我知道，她是受不了这种诡异的气氛。

我也觉得有点不舒服，忍不住咳了两声，小声问道："厣……警官，还有什么需要我帮忙的吗？"

她如梦初醒，"啊"了一声，然后摇了摇头。

"没什么事，他确实是自杀，这点你们放心。可我不明白的是，他为什么要自杀。"

"很多精神病人的世界，都是我们无法理解的。"我劝说着。

"不，他不一样，你不懂我的意思。"

厣沉默了一下，看向窗外。

正式被确诊

我趁机偷偷瞟了几眼她放在桌上的档案。

因为被火烧了的缘故,看得并不太清楚,只隐约看到几行字,似乎是记载着他住院之前的事情,以及关于他妹妹的死亡。

就在我想要多瞄几眼的时候,餍忽然站起身来,把文件盒合上,然后深深地看了我一眼。

"走,跟我去个地方。"

"什么地方?"我有些措手不及,"可是,我今天值班……"

"没事,跟我走就行。"

"去哪儿?"

"一座岛。"

"岛?"

"对,我要去里头找一个人,请他帮个忙。"

9

我发誓,我从来没有见过这么奇怪的地方。

海中间的铜柱大门,星罗棋布的古怪群岛,岛屿上无数形态各异的植被、建筑和嘈杂的声音,我问餍这是什么地方,她却不肯告诉我,只让我出去之后不要乱说,任何人都不要告诉,以免自找麻烦。

我吓得紧紧闭上了嘴。

在岛上迎接我们、跟餍打招呼的是一个打着白色雨伞看不清脸的男人,餍称呼他为管理员。简单的寒暄后,他用一艘小木船，晃晃悠悠地把我们带到了一座不远处的小岛上。

上岛的时候，我注意到码头的牌子上挂着"002"的字样。

顺着鹅卵石小路走没多久，两侧的椰子树和草坪越来越浓密，大概过了5分钟，眼前出现了一扇大铁门，两侧则是蔓延而出的栏杆，将一个花园样子的酒店建筑围在里头。管理员打开了铁门，带着我们走进了酒店。

"你们是谁？"刚进入大厅，就听见一个孩子的稚嫩声音。

我转过头，一个黑黝黝的小男孩，手里拿着CD和玩具车，正站在那儿看着我们。他的目光掠过了我和餍，看到管理员的时候，忽然欢呼了一声："管理员叔叔，这两位姐姐是我们新的邻居吗？"

"不是邻居，是客人。你爸爸呢？"管理员问道。

"他刚从实验室回来，我去叫他！"小男孩飞奔一样上了楼。

"实验室？"餍问。

"教授喜欢研究点新玩意。"这个被称作管理员的男人，即使在屋子里，仍然旁若无人地打着他那把雨伞，整个人站在伞下面，大半张脸被阴影笼罩。

"你不怕出什么问题？比如……有些东西从你这儿跑出去？"餍说。

"比起这个，我更期待他能做出一些让我耳目一新的好东西。"管理员耸了耸肩。

"也许要让你失望了。"一个温和的声音从楼上传来，我抬起头，看见一个穿白大褂留小平头的中年男人，顺着楼

正式被确诊

梯走下来。

我看到他的眼睛,忽然一个激灵。

他注意到我的异常,转头看向我,他目光温润,看起来干干净净,可不知道为什么,我的脑海里,这双眼睛和32号病人的眼睛突然重叠了起来。他们的眼神背后,似乎藏着同样的东西。

疯狂,破坏,和……超出人类想象的岁月苍老。

"怎么了?"餍问我。

"没……没事。"我定了定神,摇头道。

男人的目光在我脸上停留了一瞬,然后转过去看向餍:"九龙司的人,来我这儿干什么?"

"有件事情,想请俞博士帮忙。"餍的态度很谦卑,不知道为什么,我总觉得她对面前这个男人充满了提防。

"什么事?"男人走到了大厅,在我们对面的沙发上坐下。

"我想回到两天前。"

餍的语气非常平静。

我却瞪大了眼睛,转过头,看向她。

回到过去?

一时间不知道是我听错了还是她说错了,可是四下看看,除了我之外,没有一个人露出惊讶的表情,就连那个小孩子,也若无其事地坐在边上晃着腿玩,没有任何人把这当作一回事。

被称作俞博士的男人摇了摇头:"玩弄时间的代价,大到超乎你想象的地步。"

蠃摇了摇头："我不是想去昨天更改什么，我只是想回到前天看看。"

俞博士："看看？"

蠃沉默了一下："对，我怀疑，有些时间已经被人更改过了。"

△10

傍晚，夕阳西下。

我坐在窗边，一边小口小口地喝着奶茶，一边看着远处的火烧云发呆。

耳机里回荡着悠扬的乡间小调。

我怔神了两秒，忽然反应过来，一把把耳机摘了下来。

熟悉的房间，熟悉的金色夕阳，熟悉的音乐。

我忽然一个激灵，掏出了手机。

像是事先演练好的拙劣话剧一样，手机铃声适时地响了起来。

一个陌生号码。

我的脑海里一片混沌，甚至不知道究竟是某种过于真实的既视感，还是我真的再次出现在了这个傍晚的房间里。

脑海中隐约破碎的回忆，像是一场梦境一般。

岛、蠃、俞博士、回到两天前……

我的头越来越痛了。

顾不得想太多，我微微颤抖地点下了通话键。

正式被确诊

"喂?"

电话那头传来干净利落的女声。

我愣了一下。

"蠡警官?"

"是我。"

"这是……怎么回事?"

"32号病人死了。"

"……跳楼自杀?"

"不,是被不小心误注射了静脉空气,死于事故。"

⚠

我赶到医院的时候,蠡和俞博士都站在病床边上,床上是已经死亡的32号病人的冰冷尸体。

"怎么会这样?"我想了半天,只问出了这五个字。

"哪样?"蠡反问我。

"他,他不应该是跳楼自杀吗,为什么,为什么会变成……"

"你关注的重点是这个?"蠡轻笑了两声,转头看向俞博士。

俞博士面沉如水,我注意到他的手里拿着一个银色的小方块。

过了许久,俞博士才缓缓开口:"你是对的。"

对的?什么对的?

我的脑海中忽然一阵锐痛，那天在岛上的对话渐渐浮现了出来。

"俞博士，时间迷宫的拥有者，可以带着人穿梭在无序的时间迷宫中，但是必须携带辅助机械禹针，否则可能面临无法标记出来、永远沉沦在时间轮回中的可怕结果。"蠮当时是这么给我介绍的。

这么说来，俞博士手里的那个银色方块，就是禹针了？

看我仍没有反应过来，蠮叹了口气："小祝，我们回到的是两天前。"

"怎么了？"

"他跳楼自杀是什么时候？"

"是……是昨天？"

我背上忽然竖起了一阵汗毛："你，你是说其实在两天前的晚上，他就已经因为事故死了，而不是跳楼自杀？"

话刚出口，我自己反应了过来："不对，不可能，他明明是给我打了电话后才自杀的，他不会——"

蠮摇了摇头。

"我们现在所处的今天，就是5月17日。"

5月17日……

我记得32号病人就是这一天死的，然后第二天，也就是5月18日，我们去了岛上，拜见了俞博士。

"不对，你们不是说要回到两天前吗？"我敏锐地发现了问题所在，"应该是5月16日才对，我怎么还在17日？"

"我们现在确实就是在两天前。"俞博士低声道。

正式被确诊

我有些糊涂了。

厴没有理我,而是试探性地问俞博士:"能不能再往前回一天?"

"有些危险。"俞博士顿了一下,"但值得试试,我也想知道,到底发生了什么。"

△12

再次从黑暗中恢复清醒的时候,阳光从紧闭的窗帘缝隙中刺透出来。

我脑海中混沌一片,不记得发生了什么。

忽然,手机铃声响了起来,吓了我一跳。

屏幕上,是一个熟悉的陌生号码。

我按下通话键,厴的声音从电话那头传了出来。

"醒了吗?"

我"嗯"了一声,看了看床头的闹钟,发现才刚刚早上7点一刻。

"来医院一趟,现在。"

"哦,好。"

我连忙起床,洗漱换衣服。就在我对着镜子刷牙的时候,忽然一个古怪的念头升了起来。

今天……是哪一天?

打开手机,一个大大的"5月17日"浮现在我的眼前。

怎么又是5月17日?

……

来到医院，发现屜和俞博士已经在门口等我了。

"怎么回事，俞博士，为什么我们还在5月17日？"我迫不及待地问道，"他死了吗？"

"没死，躺在床上，但是精神状态非常不好。"屜说道，"至于第一个问题，我想需要博士亲自解答才行。"

俞博士的脸色已经非常难看了。

"是穿越出了问题？"我小心翼翼地问道。

他摇了摇头。

"时间迷宫不是穿越，而是跳跃。你可以这么理解，每个人的时间，都是一个牌组，从上到下按照顺序洗好，过完一天，再翻下一张。而我的时间迷宫，是把这个牌组洗牌之后，随机抽取，你永远不知道你的明天是哪一张……现在借助禹针的效果，我可以在小范围之内掀开牌看看，抽取自己想要的那张。"

他顿了一下，又缓缓补充道："可是这个人的时间，是一套作弊的牌组。"

"作弊？"

"所有人的红桃七上一张，一定是红桃六，然后是红桃五，红桃四……可是这个人的上一张，上上张，再上上张……都是红桃六。他的牌组里全都是红桃六。"

我听得有些愣神，眨了眨眼，不明白俞博士到底什么意思。

屜叹了口气，补充道："意思就是，对于32号病人来说，他过了几天，十几天，甚至几十上百天的……5月17日。

正式被确诊

"他在单独的这一天中,不知道轮回了多少次。"

△13

看到 32 号病人的时候,他躺在床上,脸色铁青。

不知道为什么,我觉得他比我记忆中的样子,好像苍老了好几岁一般。

俞博士没有进门,而是守在门口。

蜃跟着我走到了他的床头,他看到我的时候,明显怔了一下。

"你……你今天怎么会来?"他的声音嘶哑得像是木锯一般。

"值班啊。"我随口撒了个谎。

"值班?"他冷笑一声,眼睛里几乎满是癫狂的血色,"是你干的,是吗?"

"我干了什么?"

说实话,我真的一头雾水。

从当初他临死前给我打的电话,到现在突如其来的问话,我一直都不知道我究竟干了什么,可他好像偏偏认准了我似的。

"你从什么时候发现的?"

他反问。

见鬼了,我到底发现了什么?!

"我真的只是来值班,我不知道你在说什么。"我走到床头，熟练地从柜子里取出两版药，"今早的药吃过了吗？"

他没有答话，而是冷冰冰地看着我。

"吃过了吗？"我强装镇定，再次问道。

"你今天根本不值班。"他哑着嗓子，忽然说道，"这是我第一次在今天见到你，你不是来自原本的今天，对吧？"

他的目光渐渐转向蠹。

"九龙司？"

蠹点了点头："我来调查关于你自杀的案子的。"

"自杀？"他的身子猛地震了震，眼神涣散开来，"我……我最后还是选择了自杀吗？"

我点了点头，正要说话，他却转过来看向了我。

然后，咧开嘴，露出了一个夸张的扭曲笑脸。

"可是，谁说我是自杀？"

蠹看着他，我注意到蠹的右手插在裤子口袋里，似乎握住了什么东西。

就在我抽身后退，以为他要对我做什么的时候，他却只伸出了手，从柜子上接过了我拿给他的药，从里头取出了一枚。

"是他杀，永无休止的……他杀。"

他的声音微微发颤，然后，一咬牙，当着我们的面，把药片吞了下去。

十秒钟之后，他的脸色忽然变得铁青，嘴角吐出混着血渍的白沫。

我猛地瞪大了眼睛。

"药里有毒？"

正式被确诊

蜃却没有露出任何惊讶的神色，而是回过头，我顺着她的目光看去，俞博士站在门口，微不可见地点了点头。

⚠14

之后的"一个月"里，我和蜃、俞博士，见证了32号病人的数十次死亡。

不是自杀，全都是意外。

药里的毒，仪器的漏电，门口的交通事故，高空坠下的花瓶……像是死神来了的现实版一样，在5月17日这天，他永远躲不开被杀的结局。

俞博士像是倒带一样，往前不停地翻卷着时间，我注意到，他的表情越来越疲惫，这似乎会消耗他大量的体力和精力。

"起码150次。"某天醒来之后，俞博士脸色苍白，微微喘息，胸口不停地起伏着，"不能再往前了，禹针即将失控，再次回卷的话，我无法保证能定下现实锚点，确定回到现实中来。我们三个都有可能永远迷失在时间迷宫里。"

蜃点了点头："那就回去吧，不需要更多的测试了。"

我有些意外："测试？"

蜃没有理我，而是站在门口，看着此时正在病床上熟睡的32号病人。

后来的这一天，他死于热水瓶爆炸。

不知道什么缘故，他床头的热水瓶忽然爆裂了，碎片飞溅在他的脸上，刺瞎了他的眼睛，滚烫的热水灼烧着他的皮肤。

我们三个就这么站在门口的走廊上,听着他在床上打滚,哀号,然后他挣脱了护士的束缚,摸到了一把水果刀,狠狠扎进了自己的心窝。

⚠15

厣口中的现实,是最后的5月17日,也就是32号病人自杀的那天。

我和厣一起,早早地等在了医院的天台上。

傍晚时分,32号病人果然如同我们意料之中的那样,拖着疲惫的身躯,走到了天台。

看到我们,他愣了一下。

"不是我。"我抢先说道,"我跟厣警官一起,见过了你起码一百多次的意外死亡,她作证,真的不是我干的。"

32号病人咽了口唾沫,干裂的嘴唇里发出如同野兽一般咕噜的含混声音:"不是一百多次,是三百多次,三百五十七次!"

他惨笑一声,原本瘦小的身子越发佝偻起来:"有人杀了我整整一年。"

"我无数次在临死的关头重启这一天,可这一天我又会被新的方式杀死。我一遍遍找,一遍遍看……可我经历了这么多次痛苦和死亡,我还是不知道那个人是谁,为什么要这么一遍遍地,用各种方法杀我。

"也许……也许是'她'在看着我,是'她'要杀我了。"

正式被确诊

他的声音越来越颤抖，也越来越崩溃，"我……我受不了了，我尝试了三百多次，想要活下来，想要在这一天拼命活下来，可我永远无法活过这一天……"

"她是谁？"厣问。

32号病人没有说话，只是脸上的肌肉剧烈地抖动着。

"是你的妹妹，对吗？"厣忽然说道。

32号病人的瞳孔猛地放大了，他的声音尖锐到了不受控制的地步，猛地叫道："不可能，你，你怎么会——"

"我看过你的档案，15年前，你的妹妹因为车祸去世了，对吧？你还因此获得了一大笔赔偿金。

"可这不是你妹妹第一次出事了。档案上记载，最早在17年前的时候，你妹妹就遭遇过一次溺水，而你非常巧合地及时赶到，不，不是及时，简直仿佛是你知道妹妹要溺水似的，从兼职的店里直接冲回了家门口公园的湖边，救下了你的妹妹。

"你就是从那时发觉自己拥有特殊能力的，对吗？"

32号病人没有说话。

就在我以为他不会回答了的时候，他却哑着嗓子缓缓道："重启者。

"只要我愿意，我可以无限地重新开始现在的这一天。但是作为代价，我重启的次数，会计入我的生命里，而且重启得越多……消耗的生命就越多。

"现在的我，在经历了这三百多次的重启之后，即使不自杀，也没有几年的生命了。"

屦点了点头。

"和我想的一样。"她说,"所以既然你拥有重启的能力,你为什么不救你的妹妹?在9年前的那次车祸里?"

32号病人的脸颊剧烈地颤抖了一下,缓缓道:"因为我是第二天才知道这件事的,我没能来得及……"

"骗子。"一个熟悉的声音忽然打断了他。

"你在说谎。"

我猛地回头。天台的楼梯口,刘阳不知道什么时候站在那儿,戴着口罩,目光平静地看着32号病人。

我发誓,我从来没有在我的未婚夫脸上看见过这种表情,尽管遮住了大半张脸,可他的眼神里,憎恶、痛恨、悲悯、恶毒……无数的神色混杂在一起。他居高临下地看着32号病人。

"你,你是谁?"32号病人的脸上露出了迷茫的神色。

"我叫刘阳,芙蓉中学初二三班……15年前,我在那个班上。不,不仅15年前,我从小时候开始,就一直住在董家园二排的大院子里。"

"你还记得我吗……"刘阳顿了一下,然后带着某种针一样尖锐的嘲讽,冷冷笑着说道,"哥?"

芙蓉中学初二三班这个八个字像是某个开关一样,烧得32号病人浑身颤了一下,他几乎是跳起来,遥遥指着刘阳的鼻子,涩声道:"你,你……"

"没错,是我。当初她死的那一天,不仅仅是你,我也全都看见了。"

正式被确诊

△16△

刘阳说,他和那个叫作阿朵的女生,是青梅竹马的邻居和朋友。

虽然 32 号病人不记得了,但其实小的时候,他们俩家就在一起,他还经常喊病人一声哥哥,跟他一起玩。

事情的脱轨,是在 17 年前的那个夏天。

阿朵和刘阳一起去湖边玩耍的时候,阿朵一不小心踩了个空,掉进了湖里。等到被救上岸的时候,已经没有了气息。

那天晚上,闻讯赶到的 32 号病人跪倒在妹妹的尸体面前,痛哭流涕。

同样悲痛和害怕的,还有刘阳。

他在心里暗暗发誓,只要能让阿朵重新活过来,他做什么都愿意。

不知道究竟什么缘故,令他震惊的事情发生了。

第二天一觉醒来,他发现自己回到了前一天的早上,阿朵不仅没有死,还约他一起去湖边玩。

还是个小孩子的刘阳一边迷茫着,一边在心里暗下决心,这次绝对不会让阿朵再掉进湖里。

可他没做到。

阿朵没有在原先的地方失足,却被一个路过的自行车撞了一下,为了躲避迎面而来的汽车,她一个踉跄,再次掉进了湖里。

简直像是冥冥之中注定的一样。

Chapter 04 32号病人

就在刘阳瞪大了眼睛，看着阿朵再次溺水的时候，32号病人出现了。

他简直像是早就预料到了这一幕似的，直接脱下衣服，一个猛子扎进了湖水里，把妹妹阿朵救了上来。

一旁的刘阳看着他，却和其他看到的人都不一样。

一种本能的直觉告诉他，这个哥哥和他一样，都是第二次经历今天。他看到了对方身上，有着某种与所有人都不一样的奇怪颜色。

鬼使神差地，他没有把这件事说出来。

之后的两年里，他经常发现自己一觉醒来时间再次重置了。他知道，自己没有力量控制时间，他所能做到的，只是"监视"，真正重启时间的，是阿朵的哥哥。

出于好奇心作祟，他开始越来越多地关注哥哥。

可他看到的一幕幕，却给他蒙上了浓重的心理阴影。

拥有重启能力的32号病人开始放纵自己。偷盗、抢劫……无论他做了什么，只要做完之后，启动重启，那么过往的一切都会被抹除干净，他又重新变回了那个人畜无害眉眼干净的大男孩。

从那之后，刘阳更加不敢告诉任何人，他见到了这个哥哥所做的这一切。

他开始畏惧、害怕，可又充满了窥秘的刺激和好奇。

渐渐地，他发现，阿朵的哥哥似乎格外暴躁地想要找寻利用重启人生永久赚钱的法子。可是似乎冥冥之中有某种规则，无论是他利用能力买彩票或者投资，第二天都会变得和

正式被确诊

之前的经历不同，没有一个是能真的赚得到钱的。

就这样，他变得越来越阴沉，越来越激进。

而刘阳一直躲在阴影里，见证着这一切。

直到那一天——

放学后的阿朵，遭遇了一场车祸，当场去世。

刘阳并没有放在心上，在他看来，阿朵的哥哥一定会使用能力，再次救下妹妹的。

后来，那一天，确实被重启了。

可是，重启后的阿朵哥哥，并没有选择救下妹妹，而是在那天一大早，以自己为受益人，给妹妹买了一份重金的意外人身险……

刘阳不敢置信地看着那个从小熟悉的哥哥。

放学后，阿朵一蹦一跳地走在路上，身后，失控的卡车轰鸣着按下喇叭。

刘阳想都不想就冲了出去，一把抱住阿朵，将她从车轮下救了下来。

然而，他更没有想到的是，第二天，这一天再次重启了。

阿朵哥哥仍然像之前那样买了一份保险，然后在放学之后，在校门口有意无意地拦下了刘阳。

刘阳心中害怕极了，他以为自己暗中窥探的事情终于被哥哥发现了。

然而并没有，哥哥不仅没有对他责难，反而带着他去买了两个冰激凌，陪他东拉西扯地聊了好一会儿。

刘阳心中惊慌，不知道究竟发生了什么，也不知道自己是不是已经被发现了。

就在他忐忑不安的时候，忽然，远处的放学人群中传来了惊呼声。

刘阳心中，猛地一沉。

他抬起头，看着阿朵的哥哥，对方虽然在跟他说话，可眼神并没有丝毫看向他，而是望着远处的天空，眼眶微微充血，赤红的眼睛，没有半点温度。

这一次的第二天，没有重启，阿朵因车祸而死的消息，传遍了整个学校。

⚠ 17

5月17日的最后一天，没有人死去。刘阳和32号病人，都被靥带回了九龙司。

靥说，这两个人很特殊，一个是"重启者"，一个是"窥探者"，是很罕见的组合，她要带回去好好研究，以及给他们判处相应的罪名。

刘阳则坦然交代了，他从那天之后，就再也没有见过阿朵哥哥。

他一度疯了一样地想要找到那个人，可那个人拿了一大笔钱之后，就永远消失在了他的人生里。

只有时不时经常重启一天的时间让他知道，那个"哥哥"还没有死，仍然在这个世界的某个角落里，继续重启着自己的人生。

正式被确诊

就这样，一年，两年……五年，十年。

就在刘阳渐渐觉得，自己也许已经忘记了仇恨，忘记了这件事，可以彻底开始自己新的人生、学业、事业、恋爱、结婚，像一个普通人一样生活的时候——32号病人，转入了我们医院。

刘阳说，当他第一眼看到那张脸的时候，就仿佛回到了十五年前的那一天。那个无助的、痛苦的、惊愕的小男孩，倒在地上，哭得撕心裂肺。

那一刻，他才发现，原来自己什么都没有忘记。

从那天开始，他就开始筹备起自己的复仇计划。

他比任何人都要更加清楚重启者的优势，他从来就没有准备杀他一次，而是要确保在不被发现的情况下，无限制地杀他十次、一百次、一千次，杀到他崩溃，杀到他疯狂为止。

就这样，两个月的时间里，他利用窥探者的优势，一步步、一点点地，布置了足够多的杀局，将所有可能发生的意外，都积攒到了同一天爆发。

他说，重启并不是无敌的力量。重启者被毒杀之后，会知道不能再吃这片药，却永远不知道前一天是谁在药片里下了毒；重启者被一刀捅死的瞬间，可以用重启来挽救自己的生命，可只要不让他看到脸，他就永远不知道这个躲在角落里戴着面具、拿着水果刀等着他的杀手，究竟是谁。

从第一次杀死32号病人开始，他就这么开始了一遍又一遍陪着对方无限重启5月17日的生活。

他永远躲在阴影里，时刻更改着最合适的杀人计划，让

32号病人一次又一次像是意外一样死在他的手里。

⚠18

刘阳被屦带走的时候，看了我一眼，低下头，低声跟我说了一声抱歉。

我摇了摇头，说道："你替阿朵报仇，我觉得你没做错。"

他却神色复杂地看了我一眼，摇了摇头，和屦一起离开了。

摇头的不仅仅是他，还有屦。

"你真的不明白他究竟在为什么道歉吗？"

我愣了一下。

屦也摇了摇头，然后离开了。

"屠龙的少年，已经变成了恶龙。他为了杀死32号，早已经做了……和对方一样卑劣的事情了。"

END

正式被确诊

【调查日记04】

调查对象：32号病人

调查结果：重启者利用自己的特殊能力谋私，不惜害死自己的妹妹，窥探者为了复仇，用重复死亡来报复他。

备注：展汉那句话是什么意思？（请给出你的回答。）

获得道具：小祝的时间表。

Chapter 05

正式被确诊为偷感

病变患者：陈钊

病变起因：陈伟

成为你

病变级别：R

诊断人　钟榆

陈钊看向自己的双眸，瞳孔深处，好像有另一双眼睛。

绝★密
绝密资料，严禁外传。

Chapter 05
成为你

作　者　钟榆

作者介绍　一条被幻想文学拎住后颈肉的咸鱼。

⚠

老刘不敢有任何的掉以轻心。

市立美术馆的夜间保安并没有太多工作，大多数时间他只是刷手机，每隔一个小时拿一个巴掌大小的手电筒巡逻一次。换作平时，老刘肯定不会像现在这样紧张。偌大个展馆，跑出只老鼠的概率都比大半夜有人来进行犯罪活动的概率要大得多。

但最近这段时间，不安生。

一个星期以来，已经有三家美术馆在夜间遭窃。

那里可都是些有资格摆进展台的玩意儿，价值不菲。

这盗贼来无影去无踪，没人知道他是怎么进出的。

警方早已立案，却迟迟没有线索。三家美术馆里的保安都说他们肯定上了锁，没有看到任何人进出。美术馆内部的监控也捕捉到了他，但没用。

他总是突兀地出现在某一个镜头里，脸遮得严严实实。门口摄像头没有任何他进出的画面，附近监控也没有拍到任何可疑人物。

有人说，这家伙可能是白天大摇大摆地进入美术馆，然后找个没人的角落偷偷躲起来，直到晚上犯案，而后在第二天开馆时又装作顾客，镇定自若地走出去，像是侦探小说里那种在一个地方不吃不喝待上几天只为制造密室的变态凶手。

当然这种说法很快就被推翻了。

因为小偷窃取的都是馆中比较值钱的藏品，没有提前更改设置的话，它们在离开展位时就会自动发出警报。可这窃贼毫无技术含量，他直接暴力偷窃，导致每一家美术馆都是警铃大作。警察在第一时间赶到，进行了地毯式的搜索。

一无所获。

老刘怕这种事情掉到自己头上，工作就没了。所以他这几天巡逻都是瞪大双眼，生怕漏过什么蛛丝马迹。

可墨菲定律怎么说来着，如果事情有变坏的可能，不管这种可能性有多小，它总会发生。

他刚走进三楼的 18 世纪展区，刺耳的警报声便毫无征兆地响起，刺破夜空。

老刘破口大骂，拔腿就跑。

他其实脑子里还没个概念，双脚是下意识的动作。现在该想想了，自己要跑去哪儿？

五楼。那里是美术馆的流动展览区，每个月会更换展品。

正式被确诊

老刘隐约记得，这个月展出的是一批还颇有名气的现代画作。虽然他并不清楚在几个出入口已经被锁死的情况下，小偷怎么会出现在五楼的。他顺手摸向自己的口袋，钥匙还在那儿。

难道真是天降奇兵？

老刘迅速到达目的地。目及之处，原本应该完整平滑的玻璃展台已经被敲得粉碎，里面的展品自然也已不见踪影。真是活见鬼。

"谁？"老刘听到一丝声响，于是立即转身向声音发出的方向跑去，手电筒打亮前方的扇形区域。

那里有一个人。

看起来是个男人。

男人站在一扇门前，穿一件黑色卫衣，戴着帽子，右手拿着一副装裱精致的油画。

老刘记得，那百分之百是馆里的展品。

听到老刘的声音，男人转过身来，他脸部完全隐没在黑暗中，只能看到嘴唇和下巴，似乎是个年轻人。

"别动啊！"老刘又喊道。

男人嘴角一抽，似乎觉得这句话很好笑。

老刘也觉得自己愚蠢，让别人不要动人家就不动了吗？那这保安也太好做了。

男人不再理会老刘，走进身后的门，重重把门关上。

那扇门是储藏室的入口，里面只有一个狭小的封闭空间。

这算什么，自找死路？

老刘小心翼翼地向前，生怕惊动里面那只困兽，每靠近一分，他都觉得自己的心跳速度在成几何倍地增长，每走一步都好像需要一辈子。

他终于来到门前，屏住呼吸，一鼓作气大吼一声，用脚踹开门。他突然觉得这可能是自己此生最英勇的一刻了。

"别乱动小子！"他朝里面大喊，"我有警棍！"

没有反应。

预想中的负隅顽抗没有发生，老刘倒是有些不知所措，他探身向储藏室里看去。

里面空空如也。

他慌忙打开房间里的灯。这就是一个普通的储藏室，不过两平方米，一眼就能看见全貌，堆满了清洁工具和乱七八糟的没用物件。除开门的这一面，其余三面都是墙。灰尘在暖黄色的光线下飞扬。

男人并不在里面。

老刘呆滞地站在原地，脑子一片空白。

警铃还在响。

窃贼消失了。

$\triangle\!\!\!\!/\!2$

沈婧和黎与时被叫来市立美术馆的前一刻还深陷泥潭。

不是什么比喻，就是字面意义上的泥潭。

编号 904，绿洲。

此件回收物的外表是一块光滑的椭圆形鹅卵石，手掌大

小，呈翠绿色。把它放进泥土，土壤中的水分会迅速增加，以它为中心逐渐变成一个沼泽。

为了回收绿洲，他们不得不在泥泞中踽踽前行，出来后的两人满身臭气，湿泥土啪嗒啪嗒往下掉，简直就是两坨臭泥。

沈婧在心里默默猜测这一路上自己踩到了多少蚯蚓和农村野狗们的圆粒状粪便。早知道是这种任务就应该斩钉截铁地拒绝。

沈婧的上司说："物品回收站最近人手不够，能者多劳。像沈婧你这样优秀的回收员得多帮帮忙。"这句话沈婧从二十来岁听到现在，回收站也缺人手缺了快十年。工作量确实有所增加，工资倒是稳如泰山。

市立美术馆已经暂时被黄条封锁。二人轻车熟路地拿出自己的证件。

自从上次兔腿事件之后，回收站和警方的联系合作明显有所增加。表面上大家合作共赢，背地里沈婧觉得铁定是回收站的领导以"警方出了叛徒"这种唬人的说法强制对方来帮忙，这样就省下了招新的拨款。

喊！都是老狐狸。

来到五楼，一眼就能看到被砸坏的展台和正在取证的人员。旁边还有个年轻警察，戴黑框眼镜，沈婧认识，叫小许，之前沈婧大摇大摆去他们分局砸场子的时候就是小许接待的，所以两人并不对付。

一阵假模假样的官方问候后，小许喊来了市立美术馆的保安。

"老刘，四十五岁，在这里当了一年夜间保安了。"小许介绍，"你把你看到的都和他们说说。"

老刘点头，将昨晚自己值班时看到的诡异情景倾倒而出，配合着手脚动作，绘声绘色。

"凭空消失？你确定那个储藏室没有其他出入口吗？"黎与时问。

"不可能。"老刘摇头，"当时我看里头没人了，翻箱倒柜地找了好一会儿。我当时还想，这小子是不是有缩骨功，所以还把那里的箱子都翻了个遍。啥也没找着。"

"有没有可能他躲在门后，你进去没发现他，然后在你找东西的时候他就偷偷溜走了。"

"那么小个屋子，那门打开后都直接贴在墙上了，没那么大空间藏人。"老刘解释道。

"没错，而且我们第一时间检查了监控，确实没有看见任何人出来。"小许补充道。

"我们能看一下吗？"沈婧说。

监控画面中，小偷和老刘面面相觑。除了没有那么多剑拔弩张的紧张氛围，整件事情的发展和刚才老刘所描述的并无出入。

"我们查看了所有监控，和其他三家美术馆的盗窃案一样，出口的监控除了那个保安就什么也没拍到。"小许帮助二人检查录像，不管怎么说，工作时还是要全力协助，破案才是最要紧的。

"窃贼的第一次出现是在凌晨一点二十四分，在三楼。

正式被确诊

那时候保安刚刚开始巡逻。"小许放大其中一个摄像头的画面，"这就很诡异。一楼二楼的监控按理来说不会有太大的死角，特别是电梯和楼梯的地方一定有布防，没有人可以逃过所有摄像头，直接来到第三层。"

"监控有可能被篡改吗？"沈婧轻声问着。

小许摇头："已经送去局里确认了，但是可能性不大。之前三家美术馆的监控都是正常的。"

"其实犯人完全不害怕被拍摄。"黎与时指向画面里的男人，他步履自信，不疾不徐，"从三楼开始，每一个摄像头都捕捉到了他。之前几起盗窃案也是同一个男人吗？"

"看身形和动作，基本能确定是。现在最大的问题是，他是如何直接到达一个密闭空间内部的。"小许说，"我们调查组思来想去都没有得出任何结论，调查从这里陷入僵局。到后来我们甚至一致认为，除非他有穿墙术，不然没法做到这一点。"

"不过穿墙术也不对，他不可能直接穿透三楼的墙。"黎与时扶住额头，"除非他还会飞，先飞到三楼，那还得会隐身……"

"你不要那么认真地推论啊！"沈婧赶忙制止她的年轻同事。

黎与时倒也不是故意的，只是自从知道这世上还有回收物这样科幻的玩意儿，好像穿墙隐身都不是什么难事了。他的思维现在像无头苍蝇一样乱飞。

沈婧把话题扭转回来："这人消失的那一段，能再放给我看一下吗?"

她总觉得有哪里不太对劲。想找到突破口,显然应该从最古怪的地方看起。

来回前进倒退了三四次,沈婧总算发现一个奇怪的点。

一个多余的动作。

储藏室门安装的是球形锁,一般也不会上锁。所以窃贼如果想开门,按理来说转一下就行。

可事实上,男人在旋转之前,手臂先是往前微伸,似乎做了一个插入的动作。

虽然男人的身躯挡住了大半部分,但是通过他手肘处和肩膀的动作,还是能够看出些端倪。

"能放大一点吗,门锁那边?"

图像被数倍放大,马赛克似乎是被强行拼凑在一起的色块,不过这便足够了。

三人都清晰地瞧见,男人在开门之前,先塞了什么东西进锁里。

——一把钥匙。

离开美术馆,黎与时坐进驾驶室。他一直疑惑这辆回收站公用的小汽车是不是也是一件回收物,不然凭什么破旧成这样,竟然不曾散架,还放心让员工开。

"为什么小偷会有美术馆的钥匙?"

"那当然不是美术馆的。"沈婧一屁股坐进副驾驶,找到一个舒服的姿势,"谁家放着一堆昂贵的艺术品不管,给杂物间上锁的?那把钥匙,是一件回收物。"

正式被确诊

"那么肯定?"黎与时踩下油门,汽车发出低沉的惨叫声。

"八九成吧。我大概知道那是什么。"沈婧掏出烟给自己点上。

"是什么?"

"编号311,连枝。"

△
3

每座城市都不止明面上的光鲜,地下交易层出不穷。很多时候,只要不涉及严重的违法行为,黑市这种东西,大家也是睁一只眼闭一只眼。

只是黎与时没有想到,沈婧会带他来到市中心的步行街。

按她的说法,如果窃贼是为了钱,偷了这么大批艺术品,总得找个地方出手。假如他没有已经约定好的买家,那么来黑市进行交易肯定是首选。就算他没有在这儿贩卖,黑市里的人也是八面玲珑,消息灵通,总能问出些情报来。

"所以连枝是什么?"黎与时跟在沈婧后面,在人头攒动的路上穿行。今天可是周一,这帮人都不用上班的吗?

"如你所见,一把钥匙。你才刚来没多久,可能还没听说过,大概五十年前,或者六十年前?回收站其实出了件事故,好大一批回收物重新流落回了民间。至今为止都没能够如数拿回。"沈婧回答。

"这么严重?怎么回事?"

"不知道。事故的具体详情是最高机密,我只知道当时的领导层纷纷辞职,都不想担这个责任。"

"连枝是当时遗落的回收物之一?"

沈婧点头:"如果我没记错的话,当时介绍遗失的物品时,这把钥匙是唯一一件无法使用的物品。"

"是指没有搞清楚它的能力吗?既然是钥匙,看那个男人的动作,我觉得就是开锁吧。"

"不,物品的功能当时的研究员差不多弄清楚了,当时也有别人使用过。"沈婧说,"把连枝插进任何带有锁的门,就比如那个储藏室的门钥匙孔里,再打开,这扇门就会通向任何地方。"

"这么夸张?"

"当然不是说像机器猫里的任意门,你想去哪儿就去哪儿。我之前和一个老回收员聊过,他们的推测是,你只能去那些仍然存在于你记忆里的地方。比如说你要是心血来潮,要去沙漠散个步,那你得先去过那里。"

"就是只能去自己去过的地方。"

"不尽然。如果你很小的时候去哪里旅游过,但是现在完全不记得了,那也不行。使用者需要对自己要去的地点有个比较清晰的记忆。这都是那个老回收员从之前的使用者口中套出来的。"

"连枝。这名字的意思,是一个把你的记忆和现实连接起来的物件吧。"黎与时推断。

"可能吧。问题是,当时我们的成员想尽各种方式使用它,回收站里所有的门都快被捅穿了,也没有触发这一效果。"

在我们手里，它似乎突然就决定要隐退江湖，只做一把普通钥匙了。"

"但是那个窃贼找到了使用方法。"黎与时分析道，"他先去美术馆踩点，然后借助连枝轻易地进入，再用同样的方式离开。这就解释了为什么出入口的监控没有拍到他，因为他确实是凭空出现在建筑内部，又凭空消失的。"

"不错，所以我们得找到这家伙，还要搞清楚这件回收物的使用条件。"

沈婧此时停下脚步："到了。"

他们俩站在人来人往的道路中间，这里是靠近步行街中心的区域。

黎与时四处张望，没看到什么特别奇怪的店铺："黑市吗？到了？在哪里？"

"喏。"沈婧指向被夹在肯德基和星巴克之间一家不起眼的奶茶店。

"这里？"

"是情报点之一。"

"人流量也太大了，是不是明目张胆了些？"

"大隐隐于市。"

走进店里，沈婧向店员要了一杯红豆布丁巧克力奶茶，全糖，双倍冰。

店员斜眼瞟她一眼，问了句："要吸管吗？"

"不，我喜欢对嘴喝。"沈婧回答。

店员让两人在旁边稍等一会儿。

黎与时看出来了，这显然是一项奇特的接头暗号。

"我还以为是'天王盖地虎'什么的。"他说。

"要与时俱进啊，黎与时！"

"不怕点的饮料重复吗？"

"你要全部对上，重点是后面还得说对嘴喝。更何况，现在谁喝奶茶加全糖的？"

"我有被冒犯到。"

不消一会儿，出来一个矮个子中年男人，将两人领进奶茶店的后厨。

黎与时一度以为他会走进一个完全不一样的世界，什么帘子掀开后面就是一条乌漆墨黑的通道，人人戴着面具，面前一个带招牌的小铺子，买卖人就坐在阴影里。但其实这就是普通后厨而已，桌子上还放着几块粘鼠板。

"现在的黑市哪还有实体啊，重要的组成部分是有渠道的人，联络靠表情包。"沈婧打破了黎与时电影般的幻想。

"婧姐很久不见了。"矮个子男人身材圆润，笑起来甚至没什么皱纹，"这次有啥盼咐？"

"你还猜不到吗？最近有发生其他事情吗？"

"美术馆的窃贼是吧？"矮个子男人也是明白人，"没啥消息。我从第一次偷窃就开始打听了，没听到有任何人准备出手的。我个人大胆猜测，是雇佣兵。飞天遁地，后头有人，有目的地偷窃，不然怎么死活抓不到？"

沈婧咧嘴一笑，仿佛早就料到对方是这种反应："你回答得很快啊，没少练习吧。跟警方也是这么说的？"

155

正式被确诊

也是,沈婧能想到,警察肯定不会漏过黑市这条重要线索。估摸着第一次遭窃后,他们就已经派人来调查过了,当然肯定不是穿警服大摇大摆来的,不过这对矮个子男人没有什么难度,谁是警方的人老江湖一眼就能辨别出。

既然如此,沈婧为何还要再来一趟?黎与时有些摸不准。

"警方哪会来我们这种小地方。"矮个子男人还在那儿打太极。

"老价钱,你把失窃物品之间的联系告诉我。"沈婧不喜欢和他绕圈子,万事放在明面上,清清楚楚才方便。

"联系,什么联系?"矮个子男人瞪大他的小眼睛。

"我查过了,失窃的都是画作,而且都是最近二十年的作品。这不是很古怪吗?它们虽然能拍上好价钱,但也就那么回事。艺术品的价格在作者死后能翻上几番,这贼放着其他价值连城的作品不拿,一定要偷这么几幅画?"沈婧已经开始不爽,对面的男人显然是在演戏。

"关于这点,我确实听过些小道传言啊。但是,不知真假,我也不敢乱讲,误导了调查方向总不好吧。"矮个男人笑着。

我有情报,但我不说,嘿,老价格不够,得加钱。

沈婧轻"嗯"了一声,冲黎与时摆手。这对搭档一起工作些许时日了,彼此之间的默契有增无减,黎与时立刻意识到这是让自己上场。

他两步走到矮个子男人身边,话也不说,趁对方没反应过来,一套动作就把男人的双手擒在后背。男人被压得弯下腰,连连叫痛。

"看到没有，警校刚毕业，专业有素，生龙活虎，一腔热血。"沈婧走到男人眼前，"之前是我懒得出手，现在有打手，你看我理你吗？"

矮个子男人没辙了："轻点儿！我知道的也不多，就是说这几幅画可能都是同一个画家的作品！"

闻言，黎与时放缓手劲，但没有全部松开："你是说，枪手？"

"好像是几年前的事，有个年轻画家技术不错，但是没有名气，于是模仿现在的几个名家风格，再卖给他们，指望在圈子里混出点名堂来，还能从拍卖的价钱里拿抽成。那些名家也觉得不赖，年轻画家画得挺厉害，模仿到位，他们不用动手就有钱拿，自然没有不接受的道理。"矮个男人说。

"然后呢？"

"没有然后了，几幅作品后，这个画家就消失了，音信全无。"

"枪手叫什么？"黎与时继续问。

"陈伟。很大众的名字，甚至可能是假名。你现在出门喊一声能叫住六七个，所以道上也没有更多信息了。"

"但是你有更多的信息。"沈婧笑眯眯地靠近，直让对方瘆得慌。

"不是，婧姐，我也得吃饭。"男人赔笑，"前面那些消息，看在我们认识那么久，算是礼物了。接下来这个，一般人都不知道，我也是费了好大气力才找来的。"

沈婧示意黎与时松手："行吧。老价钱。"

正式被确诊

重获自由的矮个子男人揉动手腕，狠狠瞪了黎与时一眼："据说这个枪手一共画了四幅画，有三幅已经被偷了。"

"那还有一幅？"

"在现艺馆展出呢。"

④

黎与时紧贴墙壁，屁股靠在地面和墙壁的夹角，生怕自己的身体跑出黑暗。旁边的沈婧也不遑多让，但她瘦，倒没那么辛苦。

这是他们蹲点的第三天了。

现艺馆的全称是现代艺术美术馆，建筑设计也现代化，精致而奇特，外表像达利的抽象画，里面统共六层，中间空心，四周是有坡度的台面，螺旋状向上延伸，像是古代城堡旁边的塔楼构造。正是因为这种设计，馆里没有什么可以躲藏的地方。沈婧第一时间把消息告诉了警方，却没法在里面布置大量的人手，那会极度显眼。

连枝的事情自然没有点名，小许询问的时候沈婧就用"这是最高机密"的话来搪塞过去。目标画作被安置在四层，恰巧是门最多的楼层。不能临时调换位置，不然一定打草惊蛇。

沈婧早已不耐烦，她平生最讨厌盯梢或者埋伏的过程，漫长得没有尽头。只是这是他们现在唯一的突破口，他们只有赌，赌这个小偷会来拿走最后一幅画。

赌赢了，这就是他们最后的一次机会。现在每一层都有至少五个探员,门外还有数不清的警车泊在草丛里的阴影处,随时待命提供支援。

要是赌输了,就显得他们像是一群傻……

"吱嘎。"

突兀的一声,似乎有门把手被转动着。

它在一片死寂中格外刺耳。

黎与时用手肘捅沈婧。后者本来是盘腿坐在地上的,现在正用最缓慢的速度直起腰背,双脚落地,逐步转化成起跑的姿势。

他们赌对了。

四楼的厕所门从里向外打开。

因为不知道门被开启时房间内部的状况,所以没有一个房间里被安排人手。

出来的是一个男人。一米七的个子,黑色卫衣,鸭舌帽,脸被遮住难以分辨,但是整体看来就是监控中的男人。

埋伏的人都没有行动。因为行动开始前大家商量过,最好等窃贼拿到画的那一刻再一拥而上,那是他最松懈的时刻,也是离四楼所有的门都较远的位置。所以现在所有人都在等,已经等了三天了,不在乎多等那么几秒钟。

小偷并不像黎与时想象中那样大大咧咧,其实颇为警惕,一出门就先观察四周环境。确保没有异常之后,他才走向陈伟的作品,毫不拖沓,一定是在白天确认过展品方位。

他终于到达目标位置了,那个平台中最孤立无援的一段距离。

正式被确诊

四楼的警员都记得这个点。

瞬间,所有人从阴影中暴起,如同围猎的狮子从四面八方冲向男人。包括黎与时在内,离他最近的五个人直接扑向他,任务是将其擒获,其余较远的人一部分跟在五人后支援,其余则跑向最近的门,防止目标脱离包围圈。其他楼层的人也开始向四楼集中,或是守在楼梯口。

在精心设计的陷阱里,再凶猛的猎物如果没做好准备,也会像绵羊一样无计可施,毕竟打的就是一个措手不及。

整个过程快如闪电,只持续了十秒左右。等男人意识到危险的时候已经来不及,他的前后都有人堵住去路,黎与时第一个到达,从他背后出手,直接将其制服在地。

众人逐渐围拢过来,小许在对讲机中说出"目标已被擒获"的信息。

"搜身。"小许下达命令,与此同时,他掏出兜里的手铐。

就在前去搜身的警察刚要摘下窃贼的帽子时,男人骤然用力,头颅向后撞击,砸在黎与时的下巴处。

黎与时其实没有松懈,一直保持用力的状态,但是没想到对方会从这个刁钻的角度进行反抗。他还年轻,刚从学校毕业就进了物品回收站,每天和奇怪的东西打交道,反而缺少了对抗罪犯的实战经验。

下颚吃痛,差点咬到自己的舌头,黎与时不自觉卸下了部分手上的力道。

这对男人来说就足够了。

他双腿发力,本来是半跪在地上的,现在像弹簧一样蹦起,挣脱束缚。

众人现在身处的平台并不宽敞，此时男人的前后更是挤满警察，像是有两堵墙，里三层外三层堵得水泄不通。所以就算他挣脱了又怎样，还不是插翅难飞。

只不过所有人都忽略了，其实还有一个缺口。

电光石火之间，男人抓起手边的画，径直跑向楼层的围栏。

作为扶手，这部分并没有多高，男人把画往下一甩，一个跃身就从四楼跳了下去。

"你疯了吗？"小许大吼，跑向男人跳下的地方。

四楼啊，这幢建筑因为是美术馆，比一般楼层还要高一些，从这里摔下来，估计就成肉饼了。

男人当然没有疯。

等小许往下看时，他双手正紧紧握住护栏的外沿。只是不是第四层的，而是第三层楼的凸起。这家伙胆大包天，把画扔到三楼走廊后，竟然从四楼放手自由落体，然后在掉到三楼高度的时候抓住扶手，硬生生跳出一条生路来。

男人青筋遍起，引体向上把自己往上举，抬腿卡住栏杆，一侧身整个人就摔在了平台上。

"快！快往下走！"小许大喊。没有料到这一出，本来在其余楼层的警员大部分已经离开原有位置，特别是三楼的，全上来支援了，此时这一层空空如也。

黎与时自然也意识到发生了什么。

他没有犹豫，像那个盗贼一样直接就往下跳。

"你也疯了吗？"小许一瞬间不知道自己是在抓捕犯人，

正式被确诊

还是防止精神病人逃出病院。

黎与时当然也没有疯。

他在跳下去之前就已经拿出了一件物品。

是一个激光测距仪——编号936，玩家。

这件物品可以手动设定距离，然后在仪器所指方向同样距离处（如果中间存在障碍物，则以障碍物的距离为准）制造一个两米乘两米的空气墙。墙体硬度约等同于含碳量1%的钢铁。墙面可以被破坏，但是每次重启就能制造全新的墙壁。

自从第一次拿到它，这件回收物就成了他的标配，随身携带，现在已经完全可以做到熟练运用。

他在自己下坠到三楼的路径中，制造了一堵空气墙。

和想象中一样，双脚稳稳当当落在墙上。没有停顿，黎与时直接跳进三楼继续追赶。

小许和沈婧站在一块儿，目睹了一切。

"你的同事，刚才是浮空了吗？"小许不可置信地看向沈婧。

"是你眼花了。"

但黎与时一下来就暗道不好，三楼的厕所和他们跳下的位置太接近了。

男人和那扇门已经只有几步之遥。

一秒，就差一秒。

黎与时这么想着，拔腿狂奔。自己在这里屁股不着地地蹲了三天，总不能让他在这个时候溜了吧。

可终究还是慢了一步，人家才不管你受了多少苦，即便黎与时全力奔跑,牙齿都快咬碎了,也只能眼睁睁看着对方拿出钥匙,插进锁孔。

连枝!

那就是连枝。形状看起来就是一把再普通不过的钥匙,上面似乎有花纹,但是光线太暗看不清楚。

门被打开。

那么一瞬间,黎与时看到了门后的世界,那绝对不是美术馆的公用厕所,更像是一个单身公寓,漆黑一片。

很快,门被关上。

黎与时抓了个空。

他的速度太快,差点直接摔在门上。等再次开门时,里面就只剩下普通的盥洗台和厕所隔板了。

黎与时这会儿才感觉到右手手腕一阵生疼,大概是刚才被挣脱时弄伤了。

"功亏一篑。"看着走下来的沈婧,他叹气道。

沈婧却咧开嘴角:"你以为,为什么要等他拿到画后才动手?"

做人做事留一手,A计划不行B方案。这是沈婧一直信奉的行为准则。

虽然很多人不能给自己留后路,这样才能全力以赴,但沈婧坚信,要随时做好失败的准备。你准备的方案越多,失

正式被确诊

败的可能性就越小。

这一回,她自然也做了手脚。

在知道窃贼的目标后,她做的第一件事就是在画的隐蔽角落安装上一枚微型定位器。画被偷走后,定位器立即启动,明确无误地指出它身处的位置。警察带着黎与时连夜赶往指示地点。因为门被打开时,黎与时有看到另一边的场景,这可以减轻不少的排查工作。

没过多久,他们就押着一名年轻男子回到了警局。

沈婧站在审讯室外,透过单向透视玻璃观察嫌犯。

年轻,看起来非常紧张,一直低着头,不住地抖腿。他的双手被绑在桌面上,从始至终没有看过对面正在问话的小许,回答问题的时候也是支支吾吾,有些口吃,但能感觉出并不是日常的结巴,只是过于焦虑导致的不自然状态。

警方找到的信息显示,此人叫陈钊,二十岁,无业。

光看表面,无法把他和之前说跳楼就跳楼,还能徒手扒墙的暴力盗贼联系到一起。

小许从审讯室走出,无奈地对沈婧摇头。

"感觉不太对。"小许说。

当时的抓捕工作并没有持续太久,定位器较为精准,误差也很小,所在的地方精确到一栋公寓楼。楼里一共十层,每层三户人家。根据黎与时的说法,他看到了窗外的景色,可以保证那绝不是在低层的,所以警方从五层开始挨家挨户地敲门,直到找到了独自在家的陈钊。

他的身高体形都和窃贼的形象相符合,黎与时虽然不能百分百确定,但也认为他的公寓设置和自己所见到的很相似。于是警方将他先带来审理。

但是,随后警方带着紧急下达的搜查令把他家翻了个底朝天,也没有找到任何一幅被盗窃的艺术品。

不仅没有失窃物,黎与时也在那里尝试了同性相吸(编号517,一枚外表为钢铁扳指的物品,当你将它戴在手指上,它能探测到其余回收物的气息,并绽放出光泽。它们的距离越近,光芒越强烈。有效范围100米,超出后便不会有任何反应)。可是扳指没有任何反应,这证明至少连枝并不在附近,或是陈钊的身上。

定位器的位置没有变动,说明画并没有被转移到其他地方,警察现在正在搜索其余住户和公寓周边地区,尝试获取被盗物品。

与此同时,自陈钊被带来警局,小许和另一名警察已经对他持续审问了一个小时,却依旧没能撬开他的嘴。不管他们怎么询问,这小子就是一个劲地说"我什么都不知道,你们抓错人了,我真的只是个无辜市民,求求你们放我走吧"。

搜查人员的确在他家找到了与窃贼身着同款的卫衣和帽子,对此陈钊的辩解是:这些都是亲民的大众品牌里的经典款,他有这些衣物很正常,总不能说每个有这些衣服的人都是盗贼。不得不说,有理有据,让人信服。这些衣物现在正被拿去化验,不知道能不能找到什么有用的线索。

算是碰上硬茬了。在找不到证据的情况下,着实让人无从下手。

正式被确诊

"你在外面看了那么久,有看出些什么门路吗?"小许问沈婧。

"我的眼睛告诉我,他就是我们在现艺馆遇上的人,身形太像了。你看他的肩背,一定有在锻炼。"沈婧皱着眉头,"但是从刚才他的行为和语言来看,又好像不是。我能观察到他有很多慌张失措的紧绷感,还有胆小怕事那股劲儿,都是生理反应。如果真的是演出来的,那他的演技未免有些太好了。"

"如果再没有进展,我们只能先放他走了。"小许咬牙切齿,"没有证据的话,强行拘留的时间不能太长。"

"别着急,我让我同事回去拿工具了,有那玩意儿在,十分钟我们就能下班。"沈婧很自信,也看得出来她确实很想下班。

话音刚落,黎与时拎着一个便利店的可降解纸袋出现在两人眼前。

"东西呢?"沈婧发问。

"放这里面了。"黎与时举起袋子。

沈婧接过纸袋,从里面掏出一包香烟和两个茶叶蛋。

"这就是十分钟能下班的工具?你打算怎么办?"小许有些疑惑。

"别急,这些是给我的。"沈婧完全不在乎小许的质疑,"接下来能交给我们两个人吗?我希望待会儿的谈话没有其他人在场。"

说着,沈婧走向审讯室。

"对了,麻烦监控也关一下。"

陈钊一脸茫然，不太明白这是什么阵势。

为什么警察走后会来这么一个好像是来吃夜宵的女人？

把茶叶蛋吃干抹净后，沈婧在裤腿上擦了擦手。

"陈钊是吧，我待会儿问你几个问题，你照实说就好了。"沈婧说道。

陈钊一脸哀愁："我真的，我刚才什么都说了，我一直没有说谎。你们是真抓错人了。"

沈婧从便利袋的纸袋中拿出一个锈迹斑斑的东西。

——一个天平。

它大概三十厘米高，样式华贵，主体并不粗，下半部分是一个类似人形的花纹，低垂着头，双手奋力上举，犹如希腊神话中的阿特拉斯，上半部分被分为三节，分别雕刻有日、月和一柄古剑。左右两边的托盘被锁链连接在横梁上。神奇的是，从被沈婧拿出来那一刻开始，不管是锁链还是小盘，都没有丝毫的晃动，就像是被固定死的装饰性雕塑。

"你就直接把这玩意儿和茶叶蛋一块儿放在袋子里？"沈婧对坐在身边的黎与时说。

"婧姐你不是说不想被别人看到嘛。"黎与时回答，"大隐隐于市。"

"小伙子有长进。"

沈婧把天平放在审讯桌上，突如其来的威压瞬间铺满整个房间。

正式被确诊

天平这物件从古至今总是活跃在各个神话故事和民间传说里，甚至 Z 国也有句老话："人人心中都有一杆秤。"在物品回收站有个不知真假的说法，所有这些故事的源头，所有传说中人物手里的天平或是天秤，其实都是沈婧面前这个有些不起眼的家伙。

一个传之不朽、以一己之力代表世间公正、探寻人类心灵的神秘器具。

判真相，判虚言，判善恶，判忠奸，亦判生死。

编号 98，判。

没有人能在它面前说谎。

"这……这是什么？"陈钊有些被吓唬住了。

沈婧没有回答，她将天平带有月亮雕纹的一段向上抽出。

黎与时带来时并没有细看，此刻才发现原来上面的三节相互分离，像时钟的指针一样可以活动。神奇的是，在月亮图案被提起的刹那，原本稳如泰山的横梁兀地上下晃动起来，幅度很小，像是打开了什么机关，不过几下后便恢复到最开始的稳固状态。

沈婧从烟盒中拿出一支烟，放在左边的托盘上。不知是不是因为重量太轻了，托盘纹丝未动。

"去拔根他的头发下来。"沈婧对黎与时说。

黎与时不知道原因，只是照办。

"是……是要动刑，屈打成招吗？"看着自己后脑勺被拔掉的几根头发，本来毛发就不算茂盛的陈钊心惊胆战地问，但声音越来越小，到后来就和蚊子叫似的。

发丝被沈婧放在了另一半托盘上。

"好了陈钊。第一个问题,你有没有偷窃美术馆的任何物品?"沈婧提问,语言里不含一丝感情。

"没有。绝对没有。"陈钊连连摇头。

他说完这句话,判忽然动了。

本来完全平衡的平台突然倾斜,朝放香烟一侧的托盘倒去,好像本来微不足道的烟草在此刻达到千金之重。

这是这件回收物的能力之一——测谎。使用者选定三段中的月亮,然后取随便一件物品放于左端,作为参照物,而后拿被测试者身体的一个部分,放在另一侧。如果参照物比较重,那就说明对面说的是实话,反之就是在说谎。

神话里死神也喜欢干类似的事情,不过他比较有仪式感,参照物永远选用一根没有重量的羽毛,另一边的人体部位就非得是心脏。

按照沈婧以前的推测,他使用的是三节雕纹中的剑——审判的剑。

香烟比头发重。

陈钊说的是真话,他没有偷画。

难道真的抓错人了?

"有什么问题吗?"陈钊看起来愈发迷茫。

别说陈钊,没有接触过这件回收物的黎与时也不知道发生了什么。

事情没有这么简单,沈婧心想。

"第二个问题,你知道那些画现在在哪里吗?"

正式被确诊

"我不知道,我连你说的画是什么都不清楚。"陈钊说。

判没有动,保持之前的姿势。

依旧是实话。

"好,第三个问题,你最近有没有拿到过一把奇怪的钥匙?"

听到这个问题,陈钊明显犹豫了一下,根据沈婧的观察,他之前不曾有这样的反应。他显然不是个优秀的演员。

"没有。"陈钊回答。

骤然间,天平向反方向倾斜。

陈钊在说谎。

所以说,他知道连枝。而且就算不知道它的具体作用,也知道这把钥匙并不普通。

但是他为什么要说谎?

无论如何,沈婧能够得知,把他抓进来不算冤枉他。即便他没有实施偷窃,也不知道失窃画作的下落,但他一定和整件事情脱不了干系。从这个角度来想,可以明显得出一个结论——窃贼另有其人。而陈钊,可能只是同伙。

没有点破这个谎言,沈婧接下去问:"在你认识的人之中,除了你,还有别人知道那把钥匙吗?"

陈钊刚想回答,就意识到不对劲。自己明明回答的是"没有",为什么这个女人还是以"他肯定知道这把钥匙"为前提,提出了下一个问题。那座奇奇怪怪的天平,莫不是什么最新型号的测谎仪?

"什么钥匙,我……"陈钊本来还想装蒜,却被沈婧打断。

"不用解释，回答我的问题就好。有，还是没有？"

陈钊咽了一口口水："没有。"

判在听到回答的那一刻开始移动，重新偏向于香烟的一侧。

也就是说，陈钊是唯一一个知道连枝的。

这算什么？

当时的窃贼显然对那件物品非常了解，用得极为顺畅。但是陈钊刚才说的实话又证明，他并不是窃贼。

难道说，是自己给的前提条件不对？沈婧刚才为了缩小范围，增加精准性，询问的是"在你认识的人之中"，如果是陈钊不认识的人呢？或许是他随手送给或者卖给了某个陌生人，又或者是谁从他身上偷走了，那他确实没有说谎。但如果是这样，为什么在询问他是否拿到过钥匙时，他又不愿意透露实情？是怕增加自己的嫌疑吗？

沈婧还没想明白，天平陡然又翘起，像是因为一端被施加了外力，然后因为惯性而上下摇摆。

这幅场景根本就不应该出现。惯性算个什么东西，它在这件古物的身上能起作用吗？沈婧有点呆滞，她从没见过如此不稳定的判。

横梁最终稳定在一个与桌面平行的角度，然后停止。

两侧等重。天平平衡。

沈婧不知道它代表什么。是说这个问题，判无法判断吗？还是因为涉及其他的回收品，导致天平被干扰，无法使用？听起来都不太可能。按照之前的经验，它能判断一切，不可

正式被确诊

能出错。

那就还有一种可能性——判已经做出判断了。

这个回答，既是真话，也是假话。

沈婧的脑子如同被糨糊裹住一样，无法运转。怎么一把小破钥匙，能牵扯出这种乱七八糟的古怪事情来。她打算换个询问方向。

"你认识一个叫陈伟的人吗？"

从知道疑犯叫陈钊时，沈婧就立刻联想到了矮个子男人口中的画家——陈伟。虽说陈是大姓，但是刚好同时出现在同一桩案子里，终归不可能完全是巧合吧。这也是沈婧为什么一开始就认为没有抓错人的原因之一。

这个名字似乎戳中了陈钊，他肩膀一缩，久违地抬起头，然而很快再次低下。

"认识，他是我哥哥。"

天平转动。

实话。

和沈婧猜的一样。

本来因为这个名字过于普遍，光凭借这点信息在一座城市里大海捞针，着实是过于异想天开了。但是陈伟的出现让事情出现了转机，所以早在沈婧进来之前，她就已经让小许帮忙，调查了一下陈伟的人际关系。这个问题现在不问，一会儿也能知道答案。

"你的哥哥，陈伟，有涉及这次的美术馆偷窃案吗？"

陈钊嘴巴微张，却迟迟没有发声。沈婧不知道他在犹豫什么,但她敏锐地捕捉到,这个陈伟显然就是案子的关键之一。

"没有。"

令沈婧没有想到的是,天平竟然再次来到平衡状态。

是真相,也是谎言。

沈婧驾驶汽车飞奔在高速公路上,依旧在回想刚才的审讯过程。

哪里不对劲。

她觉得自己绝对遗漏了什么细节,明明应该像是跑到鞋子里的沙砾那样异样明显且硌硬,自己却怎么也倒不出来。

判已经被送还回局里,黎与时也大致了解到它的历史和能力了。

"为什么没有继续问下去了?"黎与时问。

"编号越靠前的回收物,不稳定性也就越大。判作为编号前一百的物品,使用不当就会有极大的危险性。"沈婧回答,"你把它拿出来的时候费了不少工夫吧?"

"对,又是写报告又是填表格,麻烦得很。"

"判作为世间公正的化身,会给被测试者三次说谎的机会。"

"所以你停下来了。因为,算上之后两次平衡的话,陈钊已经说了三次谎了。"黎与时了然。

"我也不确定那个状态到底算什么,我不敢冒这个险。"

"第三次谎言之后会发生什么事情?"

"我不知道。"沈婧说,"最好别知道。"

正式被确诊

她一脚踩下油门，窗外的风景走马灯般向后倒退。

陈钊那里暂时没有什么可以挖掘的线索了。

他们要去找陈伟。

△7△

消毒水呛鼻的气味和嘈杂的人声混杂在一起，就组成了医院。

两人都没有想到，小许给出的信息会把他们领到这里。

在护士的引导下，他们终于见到了陈伟，只不过当下的情况和他们预想中的有所不同，沈婧满肚子的疑问不仅无处发泄，反而增加了一倍。

陈伟躺在床上，插着气管。

"他是什么情况？"沈婧问带他们来的护士。

护士甚至都不需要翻看病例，对这张床上的病人已经十分熟悉了。

"植物人。"

"植……什么时候开始的？"沈婧诧异不已。

"这我就不太清楚了。我刚来实习几个月，反正在我进入这家医院之前，他就已经在这里了。"护士说。

"是谁在照顾他？"黎与时问。

"请来的阿姨。他的亲属好像不愿意来这里，只付了钱，真人我一次也没见过。"

两人看向躺在病床上的陈伟，旁边的心电监测仪跳动出平稳而规律的节奏。

医院内不允许抽烟，一个植物人也没什么好看的，沈婧在问完护士问题后就出来了。

"注意到你问那个问题时小护士的表情了吗？"沈婧健步如飞。

"哪个问题？"黎与时跟在她的身后。

"最近一个多星期里这个植物人有没有什么活动？"

"她用看智障的眼神看了我好一会儿。"

"这就好像是在问你'太平间里最近有什么聚会'一样，属实见鬼了。"

"我的意思是有没有什么异常，比如病人活动力的恢复什么的。"黎与时解释道，"是不是还有另外一件回收物，可以让人灵魂出窍？所以其实还是他大半夜跑去偷画，但是只是精神力，他的肉身还在医院。这算不算是他'既涉及了偷窃'又'没有涉及'？"

"目前完全没有相关证据，不至于这样乱猜。"

"或者，这就是连枝的启用前提。需要一个没有活动能力的人？"

"上次连枝出现的时候可没有植物人被牵涉进案子。"沈婧否定。

一阵轻快动感的音乐声响起，沈婧立刻分辨出这大概是十几年前最流行的女团的专辑主打歌。

黎与时掏出手机。

"这不会是你的手机铃声吧。"沈婧突然发现自己对面

正式被确诊

前的同事完全不了解,"这是我初中时候的歌了,你是什么复古型男人?"

"经典的才能够永垂不朽。"

"不要说得好像她们死了一样,前几天主唱不还在参加综艺嘛!"

黎与时接起电话,是小许打来的。

警局因为没有足够的证据,无法再继续扣押陈钊,只能放他离开。

沈婧本以为找到陈伟,案情必然会有所突破。毕竟他仿佛是整个事件的核心。被偷的画是他画的,最大的嫌疑人是他的弟弟。陈钊不是唯一一个知道回收物的,而他又没有什么其他朋友亲戚,那么最有可能知晓连枝的,也只有陈伟了,更何况判也模棱两可地认证了他也许与盗窃有关系。

可真的到达这个节点,没有任何行动和思考能力的他,把几乎所有的可能性都堵死了。就好像所有的导航都在告诉你要往这个方向走,只不过你走到那儿却发现是个悬崖,光秃秃的,一脚下去就会坠落。

回到停车场,沈婧走向副驾驶的门:"你来开吧,我理一下思路。"

说实话,接下来该如何调查,她毫无头绪。

陈伟的画也已经尽数被拿走了,不知道窃贼是否还会继续犯案。如果他就此收手,整件案子可能就这样不了了之了。

黎与时摆手:"不太好,婧姐。我的手有些受伤了。"

"怎么回事?"

"之前在美术馆的时候，大概扭到了。"

"很严重吗？"沈婧有些自责，怎么之前没留心到这一点。

"那倒没有，用力的时候稍微有些疼，甚至都不需要去医院。"黎与时说，"但是我认为，手上有任何伤口的时候，都不应该驾驶，这会增加风险。"

沈婧猛然回忆起开车来这里的时候，黎与时坐进副驾驶时，是用左手关的门，全身向右拧转，有些别扭。当时她满脑子是陈钊和判，虽然注意到了，却马上抛之脑后。

和这件事情一起冲进沈婧脑子的，还有一个细节。

一个关于陈钊的，显而易见的细节。

鞋子里的沙砾还没有被拿出来，可沈婧已经摸到它的确切位置了。

陈钊打开门。

转动钥匙，他解锁了自己公寓的卧室门，不过门后面，是警局。

两个本不该毗邻相隔的区域，此时只有一个门框的距离。

走进警局的房间，一片黢黑、安静，陈钊卫衣的摩擦声在里面分外清晰。这其实出乎陈钊的意料。即使现在是半夜，他也以为这里至少会有几盏灯光，而不是像现在，只有微弱的月光照明。

他掏出备好的手电，亮度开到最大。

正式被确诊

这是档案室。

前方排列的金属长柜如同斑马线般工整，一字排开，密密麻麻的卷宗档案塞满所有空间。除了陈钊，没有其他人。理当如此，它本来就是个不会经常有人出入的地方，是个积满灰尘的贮藏室，是案件被人遗忘后的废品厂。

手电光扫过，陈钊很快发现自己的目标柜子，那里有近五年这个分局所有的案卷。

可陈钊没有动。

太安静了。档案室里没有声音很正常，可房间外面也没有动静。警局总不可能关门，上夜班的警察不应该一点声儿也不出。

事出反常必有妖。

谨慎让他开始缓步后退。钥匙攥在手上，逼近身后的房门。

"别着急走啊！东西不还没拿到吗？"

陈钊浑身一凉，如此死寂的地方忽然有人说话，犹如恐怖片里的Jump Scare（跳跃式惊吓），毫无预兆地轰炸一下你还未苏醒的身体。

他第一时间看向声音发出的方向，在那里，另一只手电筒在黑暗中开启，光线笔直地射向陈钊。

"哎哟，不好意思。是不是要瞎了？"

声音带着调戏的口吻。手电筒的方向转动，变为垂直向上。一张惨白的脸被孤零零地映在远处。

陈钊的心跳逐渐恢复，看向那张脸——这不是之前那个在审讯室吃夜宵的女人？

沈婧将光源指向天花板，这样手电筒的光就暂时充当了电灯的作用。虽然依旧非常暗，但是光在白墙的反射下，隐隐约约照亮了大部分房间。

"你可不知道我等你多久了。"沈婧说。

"你知道我会来？"话说出口，陈钊就感觉自己问了句废话。不知道人家能等在这儿吗？这个问题实际上问的是："你为什么知道我会来？"

"因为你就是偷画的人。"沈婧的语气不容置疑。

陈钊倒也没有否认。都已经这样面对面了，好像再否认也没什么意义。当然他也不会承认，不论如何不能落下口舌。

"为什么这么肯定？"陈钊笑着问，他在强制自己冷静下来，找寻最佳的对策。

"因为没有第二个可能性。巧合可能会存在，但当这么多线索都指向你的时候，单纯的巧合就无法解释了。"沈婧也笑，"身材、体形、追踪器的位置、我同事看到的装潢、被偷的画作是陈伟所作，而你的哥哥刚好就叫陈伟。我也查过了，他毕业于美术学院。除了你，我不相信还有其他可能的嫌犯。"

"你并没有回答我的问题。"陈钊打断道，"先不说我是不是那个窃贼。就算我是，你怎么知道我会出现在这里？"

"既然基本上能确定是你，接下来的推断就再简单不过了。我发现，整件事情从某一处开始，就透着一股刻意。"

"刻意？"

"当你完成前三次偷窃后，事件已经搅得满城风雨。我

正式被确诊

去寻找线索的时候，说实话，没有费多大力气，就了解到了关于这几幅画的背景，以及枪手陈伟的事。既然他已经被好事之人挖出来了，那么他的第四幅画被找出来，也是迟早的事情。也就是说，有很大的概率，有人能预判到你的第四次偷窃——比如我们。

"你完全可以等上两个星期，或者等它被转移，所有人忘记的时候再去偷，这样你被埋伏的概率就会大大降低。但你没有这么做。

"到这里，我暂且可以把你的行为解释为，你没有想到这件事的内幕会这么快暴露。或者你既不聪明也不耐心，没能想到这一层。

"可是你接下来的行为，简直到了做作的地步。"

陈钊笑问："我又干了什么？"

"你没有逃走。"沈婧继续说，"当警察带着人去搜楼的时候，你有大把的时间逃走。就算是最后一刻，你只要用你手中的钥匙，随便打开卧室门就行。但你没有，你留在那里，被带到了警局。你为什么不逃？"

陈钊保持沉默。

"这个问题的答案有两种可能性。一、你希望以此洗脱你的嫌疑。在警方来之前，你将赃物挪走，这样没有证据，就算警方怀疑你也不能定罪于你。这确实也是你的目的之一。只是，还有另一种可能性——你想被抓，你想要来警局。"

"为什么，我有病吗？"陈钊的语气虽然轻松，但是他的脸色已经逐渐难看。

"你只能去到自己去过的地方。"沈婧斩钉截铁地说道。

陈钊瞟向自己手中的钥匙。沈婧知道,自己没有说错。

"所以这一切到此都能联系起来了。第四次盗窃,你并非逞莽夫之勇,你知道警方会有埋伏,但你有足够的自信能够逃脱。或者说,你早就想好了逃脱的办法。我的同事看到了你室内的装潢,也是你故意为之。为什么门开那么大,明明一条小缝你就可以钻进去。你知道我们有可能会用定位器,你提前把画和钥匙放在别处,然后等待被捕。

"因为只有这样,你才能来到平时无法进入的警局内部。"

陈钊握着钥匙的手愈发用力,青筋暴起。

"但是究竟是内部哪个房间呢?我想到了你的哥哥。我委托小许调查了你哥的情况,了解到他变成植物人的原因,是几年前被卷入了一场斗殴,不算斗殴,算被打吧。你哥哥是被几个小混混打到晕厥,送进医院后没能治醒,变成了植物人。加上你把他所有的画都偷了,我就猜测,会不会是你想要为他申诉?

"我不知道具体发生了什么,但是明眼人都能看出,那几个小混混绝对不是像他们所说的那样,单纯的醉后失去理智。这是一场有预谋、有组织的故意伤害。如果我是你,我一定要拿到相关案情的文件。被偷的四幅画已经引起风波,让'陈伟'这个名字逐渐为世人所知,这时候要是拿出一份全是疑点的卷宗来,一定能引起轰动,让大家知道你哥哥的遭遇。媒体一报道,阴谋论一提,甚至重启案子也不是不可能。

"那么档案室,就最有可能是你的目标。

正式被确诊

"当然，我在其他房间里也布置了人手，所以怎么着都能逮着你。"沈婧脸上的笑看起来人畜无害。

陈钊身体的大部分已经隐没于黑暗。其实在沈婧说话的时候，他一直在悄悄后退。都这个时候了，不逃才是愚蠢的行为。但是这里没有光线，算是敌在暗我在明，不知道这个房间里还有没有其他待命的警员。如果直接往后跑，他可能会被按倒，因此他想尽可能靠近那扇门。

除了沈婧，没有任何其他人在第一时间出现，所以可能这都是他的疑神疑鬼，但他不愿意冒这个险，他需要拖时间："那个天平，是跟我的钥匙差不多的东西吧？我还以为它能证明我没有说谎。"

"你猜到了吗？的确很机敏。它告诉我，当你说你没有偷画时，你说的是真话。"沈婧好像完全没有发现陈钊的动作，"你没有偷窃，陈伟这个没有行动能力的人，却和案子有关？听起来不可能，更离谱的是你的有些回答，既是谎言，又是实话，根本就是悖论。但天平是百分之百正确的，我质疑地球是圆的都不会质疑它。这实在让我钻了很久的牛角尖，直到我意识到一个思路——天平判断的不是'真相'，而是'谎言'。"

"你在说什么哲学的定义吗？"

"天平判断的，是你有没有说谎。那么只要你认为自己没有偷，你说的就是实话。可实话，不代表真相。固然，这个思路并不能完全解开谜题，我不觉得你是把自己催眠然后强行让自己忘记什么的。我始终觉得你有哪里不对劲，幸运的是，我同事的一个小动作，让我醍醐灌顶。"

"什么动作？"

"他的右手被你弄伤了，只能用左手关门。"

"他……"陈钊突然意识到沈婧话中含义，恍然大悟。

"你也想到自己的问题了吧。"沈婧说，"在我第一次和你接触，就是查看监控，到后来亲自看到你行窃时，你的惯用手是右手，你的发力脚是左脚。可是当你被抓到审讯室时，你突然变成了左撇子。"

陈钊左边小腿的肌肉不自觉地抽搐了一下。没错，左脚是他习惯发力的一边。

"一个人不可能在左右撇子之间来回交换吧？所以我的第一反应是，抓错人了，不是你。你是个背锅的，或者有帮手。但我很快又否定了这种可能性，因为我实在没有找到任何其他人的痕迹。你的生活轨迹中，没有另一个和你有相似体形的青年男性呢？紧接着，我想到了另一种可能，一个大胆的猜测。"

"什么猜测？"

沈婧没有直接说出她的猜测，反而抛出一个不着边际的问题："我一直很好奇，你们是怎样一个状态？"

陈钊并没有理解。

"比如，现在，陈钊能看到正在发生的现实吗？"

听到这句话，陈钊全身的汗毛瞬间竖起。

他意识到，对面这个女人可能真的全知道了。

"一个人也可以一会儿左撇子，一会儿右撇子，虽然很

正式被确诊

罕见。"沈婧说,"只要有两个你就好了。陈钊的人格惯用左手,而你,这具身体现在的主人,是个右撇子。分离性身份障碍,俗称的人格分裂。我猜对了吗,陈伟?"

陈钊没有回答,他像一只发怒的猫一样拱起身子,离来时的门越来越近,一步之遥。

"如果真是这样,一切都能说通了。伴随着陈钊的,是他的另一个人格——他的哥哥陈伟。陈钊说自己没有偷画,也不知道画都放在哪里,因为这都是你偷的。在你控制躯体的时候,我猜陈钊这个人格会陷入一种沉睡的状态,对你做的事情一无所知。但是他知道你的存在,他也猜到了你的所作所为。

"当我问他哥哥是否涉及这个案件时,天平卡在了中间。他真正的哥哥,植物人陈伟,没有参与,他没有这个能力。但是陈钊心里演化出的第二人格陈伟,却是罪魁祸首。陈伟同时参与,又没有参与到偷窃中。

"这也是你能够大胆放心地被抓获的原因。你清楚,陈钊什么都不知道,不知道你把画藏在哪儿,也不知道你的整个计划,再如何拷问也无法给出任何线索。"

说到这里,沈婧伸了一个懒腰:"尽管现在还没有证据,但是待会儿把你带去精神科检查一下就可以了。"

陈钊,或者说陈伟,此时已经回到门前。这个距离,只要不是身边半米内有人,他相信没有人来得及制服住他。他急速转身,钥匙朝门锁插去。

然而他的手却停在了半空,寸步不能进。

在钥匙和锁孔之间，好像多了一层看不见的屏障，坚硬如铁，无论如何不能穿透。

沈婧的背后，黎与时默然走进光明，手中拎着"玩家"。

"不要以为这里这么黑，我就看不到你在干啥。"沈婧得意地摇头，"早有准备。"

这一刻，陈钊的心里蹦出一个想法——鱼死网破。

不知道对方用的什么法子，但是肯定把门堵死了。那两个人离自己的距离不算远，如果自己现在上去劫持一个，说不定还有逃出去的一线希望。他对自己的运动能力有信心。

不能坐以待毙。

电光石火间，陈钊找准目标猛然前冲。

可是三人之间的距离没有如他预料中那样飞快缩短。跑到中间时，他忽然倾倒下去。

他感到自己踩了空，骤然失去平衡。

那里不是地板，而是一种夹杂在固体和液体之间的奇怪表面。

是泥沼。

编号904，绿洲。

"趁着还没把这玩意儿放进门里，想着好好玩一下。"沈婧的声音从他的头顶上方传来。

但陈钊已经听不清楚了，他只觉得自己在不断下坠。

全力挥手没有带来任何帮助，只是让他越陷越深，一如他的生活。他放弃了，停止动作，无法呼吸。

这个世界好像突然安静了，没有任何杂音，只剩下他自己。

正式被确诊

他们自己。

9

看着病床上的哥哥，陈钊无法呼吸。

十五岁的他不知道自己和哥哥做错了什么。

他知道这一切应该和哥哥的画有关系。也许是别的画家见不得当枪手的哥哥，嫉妒他的才能，所以找来的小混混；可能是那几个所谓的知名画家不希望哥哥再为别人作画，毕竟艺术家只有停笔，他的画作才能更值钱；又或者只是哥哥索要的价格过于高昂，那几个人心不甘情不愿，才用这种方式报复。

听负责的警察说，小混混大概收了钱，全都认了罪，没有供出幕后之人，就只能依法惩治他们几个。

可就算知道真相，纠缠谁是雇主，又能怎样呢？真相又不能让他的哥哥从昏迷中醒来。

陈钊不敢想象没有哥哥的日子。

从他记事起，哥哥就陪着他了。父母因为工厂的意外去世，外婆接管了兄弟俩。可老人的身体也不健朗，哪儿来的多余精力去照顾两兄弟？所以陈伟扛起了担子，年轻的肩膀撑起了这个家，保护着弟弟和外婆。

陈钊就算小时候不明白哥哥的辛苦，也能看到他的努力。

他被欺负时，是哥哥挡在自己面前。悲伤时，也是哥哥陪在身边。哥哥从小爱画画，一边打工一边艺考，也能考上国内顶尖的美术学院，全额奖学金，加上贫困生补助，只赚不赔。只是大家都觉得没用，画画能赚什么钱，闲人的消遣罢了。但陈钊不这么认为，陈钊觉得哥哥能成为大艺术家。

陈伟贯穿了陈钊的人生。

所以当陈钊知道陈伟可能永远无法醒来时，他不知所措，悲伤不已，胸口像是被人重重打了一拳，全身麻痹。他成夜成夜地合不上眼，梦里都是陈伟在病床上画面。

哥哥该怎么办？自己该怎么办？

为什么昏迷的不是自己？

看着镜子里的自己，陈钊只觉得自己懦弱而无能。

他什么都做不了。

他必须接过陈伟肩上的重担，他要成为哥哥的依靠。

那一刻，陈钊发誓，自己一定要让哥哥的才华名扬天下，这是他唯一能做的。他要让所有人都知道，这座城市，有个叫陈伟的画家。他是自己心目中最优秀的艺术家。

倏忽间，一道声音从心底响起。

"没事，有我在。"

陈钊感到一股气息在胸中涌动，充满生命力的意识在脑海中生长，一个灵魂在脑内肆意绽放。

他温暖、善良、真诚、无所畏惧。

陈钊看向自己的双眸，瞳孔深处，好像有另一双眼睛。

是陈伟的眼睛。

我无法拯救你。

我只能拼尽全力，成为你。

正式被确诊

△10

黎与时望向被关押在临时囚室的陈钊，他的身上满是淤泥。

"走吧。"沈婧朝他走来，举起手中的钥匙。

"你知道使用条件了吗，婧姐？"黎与时问。

"我认为，这把钥匙需要两个人一起使用。"沈婧回答。

"一起……"黎与时茅塞顿开，"所以陈钊能够使用，因为他的身体里，有两个人。"

"不然怎么叫连枝呢。"沈婧随便找了一扇门，"需要两根枝条，生在一起。"

"之前所里都没人想到吗？"

"你试试在别人开钥匙的时候硬凑过去说：'来来来我们手牵手一起打开这扇友谊的小门'，你看看人家会不会告你性骚扰？"

沈婧把钥匙对准锁孔，黎与时伸手，两人一起握住钥匙柄。

"确实有些诡异。"黎与时说。

"别废话了，试一试。"

钥匙插入，旋转，开门。

门后面，一个穿着白色实验服、戴着巨大黑框眼镜的女人诧异地盯着他们看——欧雯，物品回收站的实验室负责人。

成功了。

"你们什么情况，为什么你们那边看起来不像站里的走廊？"欧雯一脸迷茫。

"我们直接从警局来逮捕你的。"沈婧一本正经地说着瞎话。

两人走入,关门。

只留下温柔的月光洒在陈钊脸上,投下大片大片坚硬的影子。

他独自坐在囚房,看起来和面前的铁杆一样清冷而落寞。

但他知道,他永远不会孤独。

编号311,连枝。

回收成功。

END

正式被确诊

【调查日记05】

调查对象：陈剑

调查结果：哥哥成为植物人，让弟弟分裂出了第二人格保护自己，为了让哥哥没遭遇被世人知道，弟弟化身为小偷偷画引起关注。

备注：一切都是第二人格陈伟做的？

获得道具：陈伟的画。

Chapter 06

病变患者：张小盒

病变起因：陈彦

正式被确诊为吗喽

莎士比亚的猴子

病变级别：R

诊断人　苏小晗

你呢？要不要用你的时间来交换更多的天赋？

绝★密

绝密资料，严禁外传。

Chapter 06
莎士比亚的猴子

作　者　苏小晗

作者介绍　擅长悬疑、脑洞、推理，因太喜欢写烧脑故事而成为严重脱发患者。目前正以攒钱为自己植发泡妞为目标而努力码字中。

⚠

现在是北京时间的零点三十分，再过半个小时，本届星河文学奖的评选结果就要公布了。

陈彦坐在电脑桌前，不安地啜饮着手里的咖啡，右手则疯狂地点击着鼠标，频繁刷新着页面。

三年，为了这个星河文学奖，陈彦足足准备了三年。换作以前，他大概不会如此紧张，那时的陈彦脑子里充满了各种奇思妙想，随手一写便能艳惊四座。

陈彦写了五年，每一年都比之前拥有更多的读者和销量。他就像是传说中的天才作家，一出道就拥有无数的关注，他写的故事一年比一年精彩，构想一年比一年有趣，眼看着他就要登上"畅销书作家"一栏时，他突然写不出来了。

倒不是写不出来，而是没有出版机会，似乎一夜之间他的小说变得索然无味，读起来既不顺畅也不有趣。哪怕跟他关系再好的编辑，也没办法硬着头皮把这样的东西发表出来让读者看。

那一天，陈彦明白了什么叫"灵感枯竭"。

之后两年他再也没有作品面世。对于一个作家来说，一旦停了笔，消失在大众面前，那就意味着要步入"失败者"的行列。

陈彦不甘心，他想不明白问题出在哪儿，可他就是对文字失去了控制感，失去了能让故事一气呵成的能力。

"或许是你写腻了悬疑题材，要不要试着转型看看？"编辑在又一次退了他的稿子之后，敲下了这么一段话，"星河文学奖，听说过吗？"

星河文学奖，是每四年举办一次的大型商业文学评选活动，一旦上榜便有机会成为畅销书作家。以往畅销书榜，一半以上作者都是星河文学奖的得主。

"我觉得你可以考虑一下，星河文学奖对笔力和情节都有要求，很适合你这种写了一段时间对文字有极强把控力的作家，而且你之前又写出过那么多构思奇妙的故事，我觉得你好好准备准备，肯定很有希望。"

陈彦看着编辑发来的话，心里渐渐恢复了一丝信心，他深吸一口气，在笔记本上用力写下"星河文学奖"五个字。

"哦对了……"编辑适时地补充了一句，"据说，张小盒也要参加。"

张小盒。

正式被确诊

看到这个名字,陈彦的心一下子沉了下来。

张小盒,一个跟陈彦同年出道但却跟陈彦的经历完全不同的作者。他写文两年才开始获得关注,但那些关注度甚至比不上陈彦第一年关注度的零头。五年之后,陈彦突然在"畅销书作家"的门前停住,而张小盒却像是突然开窍一般,以火箭般的速度追赶着陈彦。

那些陈彦五年才获得的荣耀、奖项,被张小盒一年就追上了。陈彦不甘心,他顾不上回复编辑消息,从书架上找出最新一期的杂志,翻找着张小盒的文章。

张小盒的文章,陈彦看过,不过那是三年前的事情了,当时陈彦对他的评价只有一句:毫无写作天赋。

只是没想到,短短三年,陈彦再看他的文章,整个人直接被惊在原地:文笔老练、故事精彩、层层反转、引人入胜。

这还是张小盒吗?这还是自己嘴里那个"毫无写作天赋"的张小盒吗?

陈彦先是震惊,而后心里升起了一股莫名的嫉妒:他明明跟我差那么多,之前明明写得那么烂,为什么一夜之间他就能写出这样的作品?

"嘀嘀!"

编辑的信息打断了陈彦,他放下手中的杂志,走到电脑前,看见编辑发来了一张报名表。

陈彦咬了咬嘴唇,下定决心一般用力地敲下这样的话:"好,我一定参加,一定拿到奖!"

"加油!期待你的表现!"

Chapter 06 莎士比亚的猴子

从那之后,陈彦便在心里暗暗发誓,自己一定要拿到"星河文学奖",就算拿不到,至少也要打败张小盒,自己这样一个曾经的"天才作家"怎么能被一个毫无写作天赋的人打败?

陈彦写了三年,改了一版又一版,弃稿几乎是成稿的十倍。为了防止闭门造车,陈彦还会利用空闲写几个短篇,慢慢找回当初的感觉。

"嘀嘀嘀……"

闹铃突然响起,提示着陈彦星河文学奖的公布时间到了。

陈彦深吸一口气,咽了口唾沫,自己三年的心血,到底会是什么结果,到底能不能赢过张小盒?

陈彦手指开始轻颤,心脏开始止不住地剧烈跳动。

"咔嗒。"

鼠标又一次刷新,获奖页面跳出来了。

第十八届星河文学奖获奖者有:吕妍、阿文……

陈彦迅速滑动着鼠标,一目十行地浏览着名单,然后在最下面,他看见了一个最不想看见的名字:张小盒。

输了。

陈彦瞬间失去了所有力气,瘫倒在座椅上:天才作家陈彦居然输给了一个毫无写作天赋的人,可笑、可悲……

2

一夜之间,所有的鲜花和掌声都奔着张小盒而去,陈彦

正式被确诊

打开手机就是满屏推送的"张小盒作家最新力作""张小盒分享自己写作五年的经历""最年轻的星河文学奖得主张小盒"……

甚至朋友圈的好友、作家群里也全都是"恭喜张小盒"的信息。

"虚伪!"

陈彦关了手机,只觉得恶心,除了恶心还有深深的不甘,或者说嫉恨。他想不明白,一个毫无写作天赋、故事都写不流畅的人,是怎么做到一夜之间拿到星河文学奖并且登顶畅销书榜首的。

陈彦想不通,只好又拿起手机,干脆点开了张小盒的最新采访视频。

视频里张小盒坐在主持人对面,笑容满面,脸上全是属于胜利者的得意。

主持人开口:"听说小盒老师之前写作并不顺利,近几年突飞猛进,甚至一口气登上了畅销书作家的榜首,那您能给我们分享一下您的写作秘诀吗?"

张小盒低头笑了一下,伸手揉了揉鼻子:"其实吧,写作就是一个积累过程,多看多读多写,积累够了,就能出来一鸣惊人的效果。"

他在撒谎。

陈彦皱起了眉头。

之前杂志社每年都会举办一次作者年会,陈彦在年会上见过张小盒。作者年会一般流程就是一起吃饭,然后互相认识、玩游戏。那段时间流行狼人杀，作者们就决定在年会上通宵玩狼人杀。

陈彦作为悬疑推理作家，最擅长的就是观察。他把这种才能运用在了狼人杀游戏中，通过观看每个人的小动作，来判断对方到底有没有撒谎，是平民还是狼人。

其中最让陈彦印象深刻的就是张小盒，虽然当时的张小盒只是个新人，但陈彦却觉得他有意思得很。

明明是个擅长写权谋类的作者，最擅长的应该就是撒谎，结果偏偏张小盒本人非常不擅长撒谎，每次撒谎前一定会忍不住脸红一下，然后揉揉鼻子。

现在的张小盒，不怎么会脸红，也许是他为了上镜脸上化了妆，粉底遮盖了他脸上的红晕，但他的习惯性动作却骗不了陈彦。

陈彦一下子清醒过来，脑子里突然冒出一个大胆的想法，他从床上滚下来，打开电脑寻找着张小盒的获奖作品《上帝之眼》，然后一页一页研读起来。

这不可能是张小盒的作品。

陈彦盯着屏幕，眼里满是血丝。

张小盒是文科生，年会上他说过自己最不擅长的就是物理、数学这类理科，但这本《上帝之眼》里却涉及了物理、数学、历史……还不是简单的搜索搬运，而是深入浅出地将这些内容融会贯通在了小说里，逻辑严密且趣味十足。

"嘀嘀！"

微信的信息提示响了几下，陈彦拿起手机，发现是编辑

正式被确诊

发来了消息：

"这次星河奖没拿到不要气馁，下次还可以再参加！"

陈彦看着编辑的头像，想了想打字道："我想问一下，张小盒最近的文章都是他自己写的吗？"

编辑打了个"？"，停了两秒又补了一句："什么意思？"

"我看了他最近的作品，我觉得他进步得太快了，《上帝之眼》跟他去年的作品比，简直就是天壤之别。"

"张小盒悟性很好，不存在什么代写，我之前去他家里催过稿，他近几期的短篇还有《上帝之眼》都是我盯着他写出来的。"编辑似乎没有耐心看陈彦说明自己的想法，"作为一个编辑，我希望我手底下的作者都是相亲相爱的，而不是互相搞什么小动作。"

"好吧，抱歉。"陈彦回了这么一句话，便放下了手机。

不对劲，太不对劲了。

陈彦皱起眉头，写了这么多年的悬疑推理作品，他早已能轻易察觉出空气中那细微的不对劲，而在陈彦看来，目前最大的不对劲就是张小盒。

张小盒，他一定藏着什么秘密。

3

一个作家的叙事风格不可能突然改变，这些只会常见于新人作者，因为他们的写作风格压根就没有固定下来。但对于有好几年写作经验的张小盒来说，风格突变，且每一种风格都能写成精品，很大可能是有了代笔。

这就好像一个厨师，连最简单的西红柿炒鸡蛋都炒不好，突然有一天，这个厨师不仅无师自通做出了粤菜、川菜、西餐、日料，甚至每一样他都能做出顶尖的正宗美味。

这怎么可能呢？

陈彦找出了张小盒写作几年来的所有作品，他一点点寻找着，只为找到最开始的那篇"代写"文章。

终于，陈彦花了一个月的时间，找到了张小盒最开始的那篇"代写"，名字叫《猴子》。故事讲的是：每一个拥有写作天赋、有用不完灵感的天才作家，他们的天赋其实都是神赐予的。如果神不喜欢这个人了，神便可以随时收回这个天赋。有一天，神突发奇想，如果收走"天才作家们"的天赋，将他们的天赋通通赋予到一个猴子身上，神想看看，拥有巨大写作天赋的猴子到底能写出什么样的故事。

陈彦轻笑：张小盒在说自己是那个猴子吗？

但很快，陈彦就笑不出来了。因为他发现，就在《猴子》发表的当月，陈彦的作品从杂志上消失了。

是的，那个月，就是陈彦走下坡路的开始。

陈彦皱起了眉头：难道张小盒真的偷走了自己的天赋？

陈彦半信半疑地打开社交软件，在上面搜索着那些他知道的"天才作家"：

江华一，一出道就登上畅销书作家一栏，放言"十年内会写出让所有人都无法超越的作品"，然而在张小盒的《猴子》发表之后，她就再没有新的作品问世了。那个"十年豪言"

199

正式被确诊

已然成了笑柄。

徐一丁，年仅十八岁的网文作家，一部作品封神，据说作品完结不到一年收入已过千万，有粉丝问他要不要开新文，他骄傲地宣称自己还有几百个有趣的点子，至少能再写十年。可就在他的新文开了五十万字，眼看着要超越他的第一部作品时，突然开始走下坡路，肉眼可见地质量变差，评论区恶评越来越多，甚至还有粉丝在问他是不是找了便宜的代笔。而他质量下降的当月，刚好就是张小盒《猴子》发表的那个月。

……

一个、两个、三个、四个……不对劲，太不对劲了，怎么可能同一时间所有的天才作家都齐齐陨落？

陈彦捏紧了手机，在联系人里寻找着张小盒的名字，他一定要搞清楚，这到底是怎么回事，为什么天才作家们全都停止更新，张小盒到底用了什么手段偷走了所有人的天赋。

"张小盒……"陈彦怒不可遏，手指止不住地颤抖，他明知道把一篇故事当真的自己有多么可笑，但他此刻已经顾不得那么多了，他只想搞清楚自己为什么会写不出东西，为什么张小盒能轻易登顶畅销书作家榜。

——张小盒，你是不是偷走了我的写作天赋？

终于，陈彦还是打下了这么一段可笑却又满满不甘的文字。

发出去之后陈彦立刻意识到这话跟自己的身份有多不符，他可是天才作家，他曾经高傲地俯视着一切，高傲到甚至对着那些红眼他的抄袭者们说出：我不在乎抄袭，谁都可以随便抄我的,只要你们能抄出来我作品的十分之一。

可是现在,他居然落魄到要去质问一个远不如自己的作家。

陈彦回过神来,刚想把这话撤回,却看见对话框上方变成了"正在输入"。

陈彦收回了按下"撤回"的手指,他想看看张小盒要怎么回复。

一分钟后,对面打了这样一行字:来我家,详聊。

4

张小盒的房子并不大,一室一厅,整间屋子虽然小但是却很精致,浓浓的现代风。唯一和整间屋子格格不入的是张小盒的电脑,白色大块头一般的电脑,完全是上个世纪的产物。

"我还以为你出名了会换个大房子住。"陈彦在门口一边换鞋一边寒暄道,"没想到还这么朴素。"

"这里只是我的工作室。"张小盒笑了笑,想了想又补充了一句,"TA 喜欢。"

他?她?

陈彦在心里猜测着,想了想,前不久张小盒好像在朋友圈说过自己要和女友结婚的事情,可能他女友喜欢这种家和工作分离的状态吧。

仔细想想,真是让人羡慕啊,张小盒现在事业爱情双丰收,既是畅销书榜首作家,又有个漂亮到堪比明星的女友,身边

正式被确诊

还围绕着无数的鲜花和掌声。他现在,比之前的自己还要闪耀。

陈彦感觉自己心里一股名为"嫉妒"的情绪慢慢涌上了心头,但他还是强压着,继续寒暄:"不过话说回来,你居然还用这么古老的电脑,不会卡死崩溃吗?"

"还好……不过也不是我用的,主要是 TA 用。"张小盒开口,这次他没有揉鼻子,脸也没有红。

他没有撒谎。

真的有人在帮他写东西!

陈彦忍住自己的激动,试探性地开口:"他是谁?"

张小盒的嘴一张一合,他的声音不大,在陈彦听来却如雷贯耳。

他说:"猴子。"

猴子,又是猴子。

陈彦全身发麻,那篇名为《猴子》的小说又跃进他的大脑,陈彦左右环视,企图寻找出那只偷走所有人天赋的猴子。

"你在找什么?"张小盒开口,明明是正常问话,却让陈彦吓了一跳。

陈彦强忍不适,嘴角抽了一下:"这不是在找你说的猴子关在哪儿嘛。"

"在那儿。"张小盒指着桌上的白色电脑,"它正在写东西。"

此时正是酷夏,屋子里没有开空调,只有一台无叶扇对着那台白色的电脑呼呼地吹着风,陈彦却觉得自己冷得几乎要发抖,他在心里骂了一句:"他不是个神经病吧?"

张小盒表情古怪地看向陈彦，眉头皱了下："你不信？"

陈彦没说话，张小盒自顾自走到电脑前，电脑此刻处于待机状态中，屏幕一片漆黑，但张小盒却看着屏幕开了口，仿佛那上面真的写着什么："它现在正在写的小说叫……《莎士比亚的猴子》。"

陈彦往门的方向微微挪了一步，脸上还保持着僵掉的笑容："讲什么的？"

"好像是……你。"

"我？"

张小盒自顾自地念了起来："现在是北京时间零点三十分，再过半个小时，本届星河文学奖的评选结果就要公布了。陈彦坐在电脑桌前……"

神经病，果然是神经病！

陈彦再也受不了，拉开门转身就跑。

不知跑了多久，直到身上的汗水湿透了T恤，太阳晒得头皮发烫，陈彦才感觉自己身上的不安和寒凉被慢慢驱散出去。

虽说出名的作家多多少少都有点不正常，毕竟有句话叫：不疯魔不成活。写作，是在一条孤独又黑暗的道路上前行，为了能开辟出一点点光亮，作家们要大量地阅读、练习，还要把自己分裂成无数个书中人物……长此以往，不正常反而

正式被确诊

变正常了。只是……张小盒不正常得有点过了。

陈彦坐在电脑前,此刻他一个字也写不出来,脑子里全是张小盒说的话和那篇《猴子》。

他想说服自己张小盒是个精神病,那篇《猴子》不过是个虚构的奇幻小说,但不知为何,他心底有个声音不断地反问:万一是真的呢?有没有可能是真的呢?

陈彦咬了下嘴角,终于,他抬起手,在搜索引擎上打下了这么两个字:猴子。

"我一定是疯了。"

陈彦一边在心里自嘲,一边翻看着浏览器上的显示内容。

搜索出来的前十页一无所获,但在第十一页,出现了一个相关讨论的帖子,陈彦咽了口唾沫,点了进去——

有人看过张小盒写的《猴子》吗?这个故事让我想起几年前我在 D 国留学的时候,有次在街头听见过一个打扮得像传教士的人说话,他说神身边有个专为他撰写小说的作家,而那个作家真身其实是一只猴子。他还说猴子一开始并不是作家,就是一只普通的猴子,但是神的猴子拥有无限的时间,所以可以一直打字一直打字,直到有一天猴子打出了第一篇有内容的文章,于是它开始打出第二篇、第三篇,直至写出了《哈姆雷特》。我当时打断这个传教士的话,告诉他《哈姆雷特》不是猴子写的,是莎士比亚写的。结果他回了我一句:你怎么知道莎士比亚不是那只猴子呢?

或许是发帖的地方过于小众,也或许是没人能看懂发帖人想说什么,以至于这条帖子下面并没有什么人回复,但陈彦却看得一身冷汗。

是的,莎士比亚。

终于有一个词能准确描绘出陈彦对张小盒小说的感觉了,张小盒的作品,可以见到各时代各国家伟大作家的痕迹:莎士比亚、托尔斯泰、但丁……

但一个写作不到十年、年纪不过三十的作家,怎么可能写出这样经典、深刻、跨度极大的作品?

莫名的,陈彦心里生出了一股悲怨,他不知道自己在悲怨什么,或许是悲怨自己没有走狗屎运成为拥有猴子的那个人?也或许是悲怨自己一辈子也达不到张小盒所到的高度?

他说不清。

陈彦咬了咬嘴唇,他只知道,如果不弄明白张小盒的事情,在接下来的日子里,他不仅写不出一个字来,甚至还会茶不思饭不想,最终让自己全部的人生都陷在这无解的"猴子"里。

此刻,好奇心战胜了一切,陈彦深吸一口气,努力克制着自己身体里的恐惧,给张小盒又发了这么一段话:"上次不好意思,突然有急事回去了,我们……能再找个机会聊聊吗?"

让他没想到的是,这次对方几乎是秒回:"好。"

虽说陈彦对那个"猴子"有无限大的好奇心,但真要让他再去见那个看不见的"猴子",陈彦还是心有余悸。于是

正式被确诊

他干脆找了家饭店，寻了个包间，在那里等待着张小盒的到来。

张小盒来得很准时，但他这次跟上次却有了明显的变化，原本乌黑的头发里夹杂着几根白发，眼角也多了几条皱纹，黑眼圈框住了整只眼睛，整个人显得沧桑而疲惫。

"你这是……"陈彦有些惊讶，距离上次见面过去还不到一周，张小盒却已然是十年后的模样。

"哦，最近又写了两本书。"张小盒拢了拢头发，试图盖住那几缕白发，他不好意思地笑了一下，眼睛却闪着兴奋的光亮，"总共六十万字。"

"一周六十万字？！"陈彦睁大了双眼，这个速度别说普通作家了，就是网文作家也不可能写出这么多来。

"想趁着这个势头多写两本代表作嘛。"张小盒尴尬地笑了笑，找了个位置坐下。

陈彦皱了皱眉，他上下打量着张小盒，迟疑地问："是它帮你写的？"

张小盒没说话，但陈彦知道，他这是默认了。

"它到底是什么东西？"陈彦觉得自己身体里某个地方升起了一股寒意，"它为什么要帮你写东西？"

张小盒抓了抓头发，反应稍显迟钝："我也说不清，不过我想起它之前曾写过一个故事，这个故事说不定能为你解惑。"

"故事？"

"它曾写过这么一个故事，传说神创人之后，为了让这个世界更加精彩，于是神为每个人都写好了他的命运。那时，

Chapter 06 莎士比亚的猴子

人的命运就像履历表一样,什么阶段会经历什么事,遇见谁喜欢谁,跟谁结婚,几年后又会经历什么事,写得清清楚楚、明明白白。但很快,神便厌倦了这样的工作,于是神想,有没有什么方法能让这个工作变得更简单、更有趣一些?你猜神想到了什么办法?"

"找猴子?"

"对,就是猴子。神找了十二只猴子,让它们无休无止地在码字机上打字,直到有一只能打出顺畅的故事来。这只猴子就是世界上第一个拥有写作天赋的生物。从此之后,这只猴子便负责起编写人类命运的工作。"

"什么叫……编写人类命运?"陈彦盯着张小盒的眼睛,他突然想起上次在张小盒家里时,张小盒对着黑屏的电脑念出的那篇故事。

"《哈姆雷特》读过吗?"张小盒开口,但他并不打算听陈彦的回复,自顾自地继续说道,"说白了就是王子复仇记,可是王子复仇的故事,连带着会影响一个国家多少民众?这就是神的想法,只需要写一本书,固定主角的命运,那么千千万万人的命运就也跟着被写定了。"

"一本书,写定千万人的命运……"陈彦咋舌,"确实比给每个人写履历的工作简单方便。"

"是的。"张小盒点头,很高兴对面人听明白了自己想说的故事,"可是……神又不满意了。因为如此精彩的故事,只有神能阅读到,实在是太浪费了。于是神便让剩下的十一只猴子继续练习写作,等过了百年千年,就让这十一只学会

正式被确诊

写作的猴子把《哈姆雷特》发表出来，让人类看见。"

陈彦突然想起那帖子里传教士说的话——"你怎么知道莎士比亚不是那只猴子呢"。

"所以……之前的某个伟大作家，其实是那十一只猴子中的一只？"

张小盒神秘一笑："从古至今，伟大的作家不是一直都在出现吗？猴子们可不会心甘情愿地只用一种文字、只在一个时代写作。"

陈彦张了张嘴，他想说些什么，但最终什么也没说出来。

"当然，这是故事的前半段。"张小盒舔了舔嘴唇，笑得神秘，"现在也是，如今世界上真正有天赋的作家不超过十五人，这其中就有那十一只猴子。"

"这是……它写的故事的后半段？"陈彦眉头紧蹙，或者说，在张小盒开始讲这个故事之后，他的眉头就没有舒展过。

"如果你非要把这个故事当成现实的话……也未尝不可。"张小盒笑了一下，他眼睛里却看不到丝毫的笑意，"再之后就是我在《猴子》里写的，神收走了十一只猴子的天赋，全给了第一只猴子。因为神很久都没有读到让他觉得精彩的作品了，于是神想看看，这一次，第一只猴子能不能写出比《哈姆雷特》还要精彩的作品。不过可惜……"张小盒叹了口气，"别说给神看了，它到现在都没有写出让它自己觉得好的作品，所以我就只能把它写废的东西，以我的名义发表出来了。"

"你这是剽窃！抄袭！"陈彦忍不住拍案而起。

"陈彦。"张小盒直视着陈彦的眼睛，比起愠怒的陈彦，他反而显得无比平静,"你还记得你在最得意的时候说过什么话吗?你说你不在乎谁抄你,因为没有任何人能把同一个点子写得比你还精彩。那只猴子也是这么想的,它压根不在乎谁拿了它的废稿。再说了,除了我没有人能看见它写的稿子,如果我不帮它发表出来,其他人能看到这么精彩的作品吗?!还是说……"张小盒话锋一转,笑得不怀好意,"被称作天才作家的陈彦老师,在嫉妒我?"

嫉妒?

怎么可能不嫉妒?

作家的灵感不是从梦中偶得,就是毫无根据的灵光乍现,但到最后,却被告知这些"天赋"都是被外界赐予的,现在神收回了这一切,于是自己一夜之间,一个字都写不出来了。

真好笑啊,因为小时候偶然显示出来的写作天赋而怀揣着作家梦,学生时代就开始试着一次次投稿,哪怕高考结束报志愿的时候也是兴致勃勃选了文学专业……

如果天赋只是神开的一个玩笑,那神为什么要让人类拥有梦想呢?

陈彦咬着嘴唇没有说话,他捏紧拳头全身颤抖,心脏抽搐得让人难受,他似乎在跟什么较着劲儿,最后,陈彦松了口气,整个人瘫到了椅子上。

"我确实嫉妒。"他说。

正式被确诊

7

像是得到了自己满意的答案，张小盒忍不住大笑出声："陈彦老师，原来您也是个普通人啊。"

陈彦没有接话。

"其实……"张小盒敛了笑意，"我并不认为收回天赋是什么坏事，我就是那种没有天赋的作家，我没有天赋，却又很想成为作家。收回了你们这些天才的天赋，至少，我们站在了同一起跑线上。"

"同一起跑线？"陈彦不屑地笑出声，"然后你又在起跑线那里搭乘着名为猴子的火箭，直接冲到了目的地是吗？"

张小盒没有回答，他只是低着头沉思了一番，而后说出了跟讨论话题完全无关的一句话来："你大概不记得我曾经是你的崇拜者这件事了吧。"

陈彦抬起头，盯着张小盒的脸，他想了很久才想起，似乎在某次年会，张小盒紧张得手足无措，站在陈彦的面前，结结巴巴却又异常诚恳地说："陈彦老师，我是您的粉丝，这是我第一次参加作者年会，没想到就能在这里见到您……啊，我没有什么别的意思，我其实是想说，我很喜欢您的作品。"

那时，自己是怎么回应的？好像在心里轻笑一声，嘲笑着这个毫无天赋却又拼尽全力努力钻进到作家圈的人，然后用一种波澜不惊的态度跟他说："谢谢喜欢。"而后转身就走，全程连正眼都没有看过他。

后来大家一起玩狼人杀的时候，自己似乎直接把张小盒的习惯性动作指了出来,大声说着:"新人就是新人,写了这么多小说,连玩游戏撒谎都撒不好。"

张小盒就在所有人的笑声中羞红了脸,然后默默地躲到角落里,看着大家玩游戏直到凌晨。

那个时候,张小盒是什么样的心情呢?是不是也像现在的自己一样,羡慕又无力?

陈彦咬了咬嘴唇,他想说什么却又不知道说什么,最终张了张嘴,只是问了一句:"你为什么愿意告诉我这些?"

"不是我要告诉你的,是它要我告诉你的。"张小盒也不藏了,干脆扒开自己的头发,露出白色的发根:"盗用它的废稿也不是没有代价,它的故事里写它拥有无限的时间,这个无限时间就是从盗用它废稿人那里换来的。我拿了它的废稿,它拿了我的时间。"

废稿……

陈彦一下子明白过来:"是它写的《莎士比亚的猴子》故事告诉你,让你来跟我说这些的吗?"

"差不多,毕竟我也没有时间可用来交换它的废稿了。"张小盒叹了口气,声音不大,却让陈彦的心脏跟着颤了一下:"六十万字,两本代表作,够了。大家都说天才命短,仔细想想,或许天才的天赋都是拿时间换的,就像现在的我一样。"

陈彦看向张小盒,恍惚间,张小盒的脸变成了一只猴脸,那只猴子咧开嘴角,几乎扯到耳根,它说:

"陈彦,你呢?要不要用你的时间来交换更多的天赋?"

"要不要让自己重回巅峰?"

正式被确诊

"要不要变得比张小盒还要得意？"

"要不要……成为当代莎士比亚？"

一字一句，如同海妖的歌声，一下又一下敲击着陈彦的心房，蛊惑着他的大脑，蚕食着他的理智。

△8△

自己最开始是为了什么而去写小说的呢？

为了鲜花和掌声？为了地位和金钱？好像都不是，只是单纯地，脑子里出现了一个片段，一个关于奇异世界的片段，于是就想要把它写出来，想让大家看一看自己创造出的世界。

陈彦是个平凡又普通的人，不论成绩、长相、为人处世，都平平无奇，和大千世界里的芸芸众生一样。唯一让自己和其他人不一样的，就是热爱。当陈彦第一次阅读到那些自己从未经历过的故事时，他就被迷住了，也是从那一天开始，他学着创造自己想象中的世界。

大家都说陈彦是天才，一出道就受到无数的关注，可只有陈彦自己知道，在出道之前，在鼓起勇气投出自己第一篇满意的小说之前，自己写坏了多少笔头，写满了多少本子。

如果不是小说，如果不是热爱，他早就被以前的同学遗忘，而现在，他却总能时不时收到之前的同学发来的信息，希望他能给自己签个名。

写作，明明是一件很快乐的事情，什么时候开始，自己拿它来追名逐利了呢？

绝★密

Chapter 06 莎士比亚的猴子

陈彦盯着那张猴脸,这次他没有害怕,而是心态平和地开口问道:"我想知道,历史上有多少作家的成功,和你无关,和神无关?"

"很多。"猴子开口。

"那我也可以。"陈彦回答,"人不是因为有天赋才有了梦想,而是因为有了热爱才有了梦想。天赋没有了,我也照样写出了能参加星河文学奖的作品,虽然最后没有拿到奖,但未来,总会有一天可以。"

那张猴脸有一瞬间的惊讶,而后慢慢消失,变成了张小盒的模样。

"陈老师……"张小盒表情复杂地看着陈彦,良久,他从口袋里掏出几张 A4 纸放在陈彦的面前。

"这是……"陈彦看过去,只见上面写着硕大的标题《莎士比亚的猴子》。

"这是它写的故事……"张小盒舔了舔嘴唇,"最后的结局是,你接受了它的条件。"

陈彦皱起眉头:"什么意思?"

"意思是……你改写了猴子为你写好的命运。"张小盒苦笑着摇了摇头,"我果然还是比不过你。"

"嘀嘀!"

陈彦的手机信息不合时宜地响起,他拿出手机,发现编辑发来了消息:"陈彦,你参加星河文学奖的作品《梦》被一个评委看中了,评委把它推荐给某个出版社,他们想帮你出版,可能还有影视化的机会,你有兴趣吗?"

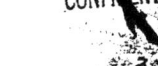

213

正式被确诊

陈彦朝张小盒晃了晃自己的手机屏幕,笑言:"你看,不靠天赋,我也能写出很不错的作品。"

说罢,陈彦走过去拍了拍张小盒的肩膀,又补充一句:"我会努力追赶上你的,不靠天赋,也不依靠什么猴子。我喜欢写作,我喜欢创造世界,所以我选择依靠的,只有自己。"

写作是一条孤独的路,有人因为热爱踏上,有人因为天赋踏上……但无论因为什么原因,走到最后,才会发现,有人因为绝望而退出,有人因为太过辛苦而退出,还有人因为无法拥有钱权而退出,最终能让写作者坚持下来的,只是心里的那个永不褪色、闪着光亮的梦。

张小盒扭头,他这才发现,陈彦不知何时已经离开,只剩下桌上那沓写着《莎士比亚的猴子》的 A4 纸,被空调风吹起纸角,犹如扇动着翅膀的白蝴蝶。

张小盒笑了笑,拿过那沓纸,一点点阅读起来。说实话,这篇故事他并没有怎么细看,只是粗略地浏览一遍,而后迅速翻到结尾,看到陈彦和猴子交易那里便结束了阅读。只是,没想到,这次重读,他在纸的背面还发现了一段小小的,像是被谁补充上去的故事——

神说:"十二只猴子里,只有你能写出优秀的作品,其他的,不是照搬你的,就是写一些堪堪及格的作品。要是能从中找出第二个有写作天赋的猴子就好了,不仅能帮你分担点工作,还能让我看到更有趣的故事。"

猴子没有回话,甚至没有人知道它到底听懂了没有,猴子只是埋头在打字机上"哒哒哒"打着东西。

"可惜……"神又说话了,"可惜你没办法把其他猴子的命运写定,不然只要在故事里写它们拥有无与伦比的写作天赋,就能完美解决这个问题了。"

打字的猴子停了下来,它眨着那双大眼,声音嘶哑地开口:"为什么不干脆收走它们仅有的天赋?"

"哦?"神感兴趣地看向猴子,果然小说写多了,连猴子都会有些奇思妙想冒出来。

"收走它们的天赋,让它们靠自己的力量去写出独属于它们自己的作品。"

神会意地轻笑:"既然你没办法写定它们的命运,那干脆由我来给出一个针对它们的预言好了:第二个拥有写作天赋,且能和你比肩的猴子,它完全依靠自己而写出的第一部小说叫……《梦》。"

END

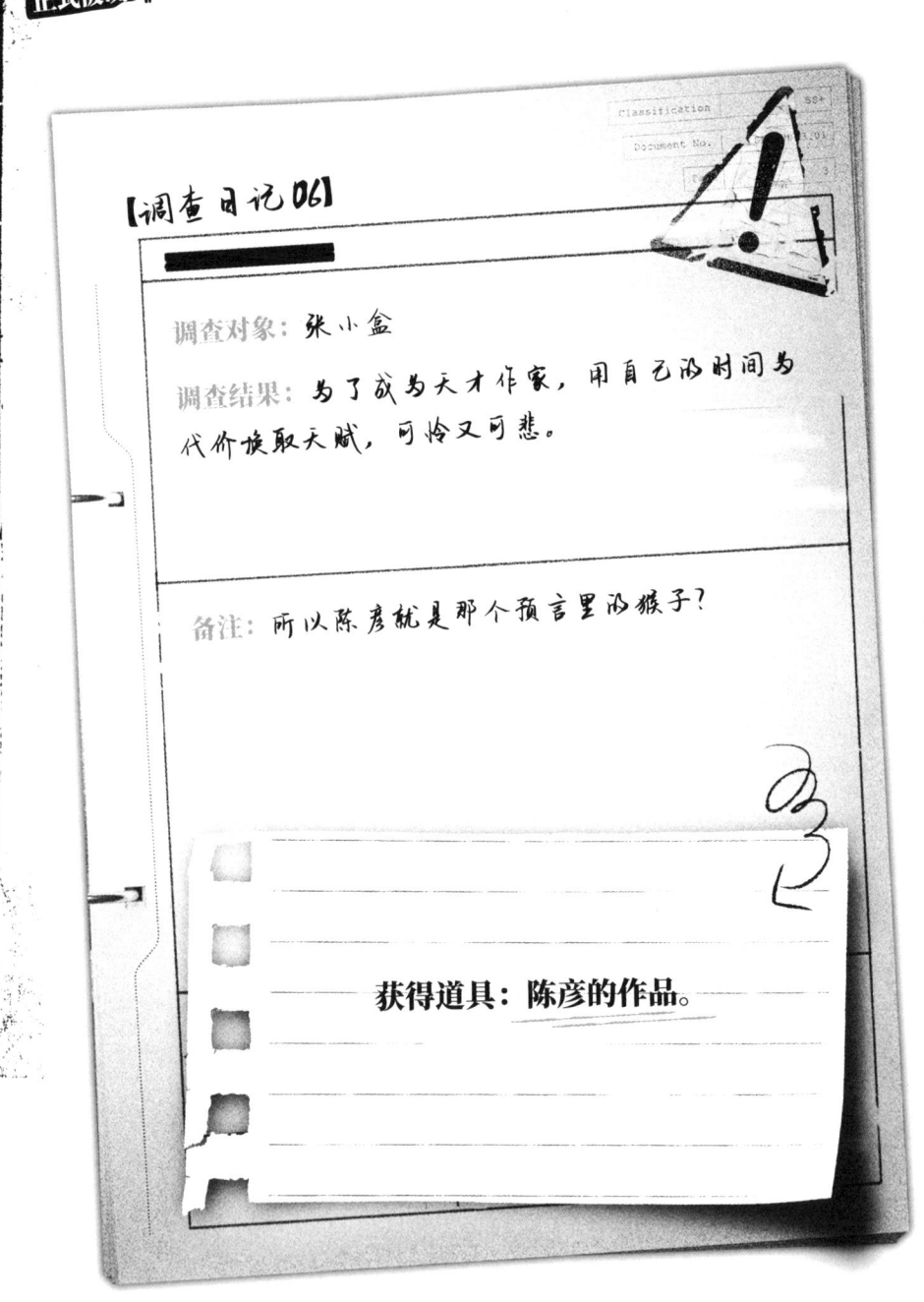

正式被确诊

【调查日记06】

调查对象：张小盒

调查结果：为了成为天才作家，用自己的时间为代价换取天赋，可怜又可悲。

备注：所以陈彦就是那个预言里的猴子？

获得道具：陈彦的作品。

Chapter 07

病变患者：阮修／叶茗

正式被确诊为寄生虫／恋爱脑

病变起因：感情

寄生爱情

病变级别：R

诊断人　树乱

给对方打一针，就能让对方彻底忘记自己？

绝★密

绝密资料，严禁外传。

Chapter 07
寄生爱情

作　者　树乱

作者介绍　悬疑小说写作者，推理爱好者，喜欢的作家是爱伦·坡、江户川乱步、乙一。

⚠

住在地下室里，即使手举得再高，也搜不到免费的无线信号。

电影里都是骗人的。

阮修撇撇嘴，打开了所剩无几的流量。

地下室的墙面污渍斑驳，散发出刺鼻难耐的气味。但没办法，阮修正处于蛰伏期，他必须忍气吞声，做一只不见天日的老鼠。

因为几天之前，他才刚骗了一个姑娘。

"顾月，谢谢你的手机。"阮修打开聊天软件，念叨起姑娘的名字。

社会上是有寄生虫的。

有些寄生虫，必须依附于特定的宿主而存在；另外一些，则懂得顺势而动，换宿主如换衣服。当旧宿主被吸干榨尽之时，那些聪明的寄生虫，会毫不犹豫地将之舍弃，转而寻找下一个目标。

阮修就是这类"聪明"的寄生虫。他的宿主，是他口中的那些"前女友"们。

阮修不帅，单靠耍嘴皮子和瞎编的身世，就在一票年轻姑娘中间混得如鱼得水。

在同一款聊天软件里，阮修有八个不同的账号，他虚构出八种不同的人设，借以吸引各色女孩。当天真的姑娘如游鱼般上钩后，阮修会以"爱"为刀俎，将女孩的信任、情感与金钱通通丢在案板上，大快朵颐后，迅速消失。

"躲起来的时候，连上网都不自由。"阮修自言自语。

只有安全地度过蛰伏期，寄生虫才敢悄悄探出头，扑向下一个宿主。

然而，最近阮修总在做噩梦。他只要一闭眼，脑海之中，就会渐渐浮现出姑娘的虚影。那魅影如梦似幻，轮廓如同被缓缓泡开的墨迹，向四面八方扩散，无论如何，都在脑海中挥之不去……

每次醒来，阮修都会冷汗淋漓。再这么下去，他一定会疯。

恐慌，压抑，阮修感到有些胸闷，他必须上网和人聊聊，一吐满心的不快。

刚连上网，聊天软件就弹出了一个红点点。

有人要加阮修为好友。

对方的头像，阮修并不熟，但对方的话，却让阮修眼角

正式被确诊

一颤。

"终于,我找到你了。"

2

宿主总会高看自己,以为是自己给了寄生虫生命。

但实际上,假若寄生虫轻松地脱离宿主,宿主又会因为被轻视而感到恼羞成怒。

阮修特别担心,当初那些与自己花前月下的"小甜甜",会一翻脸化身修罗,将自己扭送进大狱。

加阮修的人,不像是前女友。阮修翻遍了对方的过往动态,都没有发现任何可疑之处。

阮修咽了口唾沫,静静等待着对方。

"你以为换了手机,注销账号,我就找不到你了?"

我的天!

阮修吓得差点把手机摔在地上。

这毫不留情的逼问,简直就像是来讨债的!

果然是前女友吗……阮修咬着手指,恐慌感在内心蠕动。他有些恍惚,脑海中,再次不自觉地闪现出神秘的女性剪影。

颤抖着手,他拉黑了对方。

阮修不是好人,骗子、小偷、无耻之徒,怎么称呼他都可以。

欺骗女孩子的金钱和情感,对阮修来说是家常便饭,甚至在对别人感到厌烦,或是谎言即将被人拆穿时,阮修都会在逃跑的时候，偷走对方的一件珍贵物品，美其名曰"纪念品"。

他偷走过姑娘爷爷留下的纪念手表，也拿走过姑娘花了几年才做好的刺绣……把他人刻骨铭心之物通通留在手中，这样一来，当阮修看到某件"纪念品"时，就能想起那位姑娘的笑颜。

毕竟，本就将自己视为寄生虫的阮修，人生的所有记忆，也都不过是"恋爱"的片段。与每位宿主在一起的回忆，便也构成了他自己的人生。

若没了那些宿主，寄生虫的回忆就会一文不值。

话说回来，做了这么恶毒的事，阮修自己怕吗？

他一点都不怕。

因为，只要蛰伏够十五天的期限，这世上的所有人，就都会忘记他。

这要归功于阮修的"记忆变体"体质。

△
3

人们看、听、感受，在脑海中形成回忆，人们依靠交往和谈话的方式记住他人，也让自己不被遗忘。

而阮修的体质，与常人完全不同。

他可以将储存在别人脑海之中的关于自己的回忆，完完全全地剥离出来。

只要阮修在十五天里不与那人对话，那个人记住的所有

正式被确诊

关于阮修的回忆，就会完全消失。

这是一种强迫性遗忘。

这种能力和阮修这个人，实在般配。

强行进入女孩的生活之中，制造出一段虚伪浪漫的回忆，然后迅速失踪匿迹，抽走女孩所有美好的记忆，顺手拿走她最珍视的物品，再强迫性地让两人相忘于江湖。

这是精神污染，还是精神暗示？自己的特异体质怎么来的，阮修并不清楚。他只知道，能够强行使别人遗忘自己，让他的情感生涯如鱼得水。

"距离离开顾月，已经快要满十五天了，怎么会出这种事？"

阮修在屋里来回踱步，找不到一点头绪。这个在追踪自己的姑娘，真的是顾月吗？

手机又一次弹出了红点点，是个新的好友申请。

"我找到你家了，在家等我。"

只这片刻的工夫，就已经被人给定位了，难道说，对方通过网络账号的注册手机号码，就能追踪到自己的位置？

这一切，真的都是那个叫顾月的小姑娘做的？那个喜欢粉色的电子产品，只会傻笑的公司前台？

不就拿了她两部手机吗，怎能这么穷追不舍？

阮修哀叹一声，退出软件，垂头丧气。

眼看着自己苦苦坚持了十四天，偏偏在最后一天功亏一篑。

不过……只要一直不理她，等十五天时间一满，她就会

222 绝★密

忘记一切与阮修有关的事情。哪怕是阮修写下的文字，发过的信息，她也会自行无视。

距离满十五天，还剩下……

阮修正准备看时间，掌中的手机突然震动起来。

那个神秘人，直接用手机短信发来了消息。

"等我。"

△4

二十分钟。

阮修只打开手机，联网了二十分钟，就已经被对方定位了。

更何况，这还是顾月关机了十四天的手机！为了避免被跟踪，阮修自己的手机早就已经在不同的地方扔掉了。

这样都没法躲？这样都躲不掉？

对方就像阮修噩梦中的影子一样，在暗处，无声沉默地注视着……

仓皇间，阮修拆掉手机电池，拔掉电话卡，慌乱得团团转。

从离开顾月开始，还有三个小时就满十五天了。就算对方咬得再紧，当十五天的期限过去，自己在她脑海中的回忆，也绝对会消失。

只是，现在最大的问题是，在这最后的三个小时里，顾月完全可能找到自己。而一旦当她开始强硬地与阮修对话，这个十五天的期限，又会重新算起，那么他所有的努力，就都白费了。

正式被确诊

更别说,对方这么来势汹汹,谁知道她到底是什么目的?

"行行好,赶紧把我忘了吧。"

当发觉自己被跟踪,又完全不知晓对方的手段时,"如何躲起来"成了最具挑战性的捉迷藏游戏。

抓耳挠腮半天以后,阮修下定了决心:不能在地下室坐以待毙,要继续演出自己最擅长的金蝉脱壳大戏。

他又将手机启动,扔在床上,借以吸引对方进行错误定位。接着他穿戴整齐,打算去附近的电影院看一场电影。

只要再看一场电影就好了。

一场电影过去,就算顾月找到了地下室,她脑海中所有关于阮修的回忆,也会在一瞬间全部消失——就如同阮修从未出现在她的生命中一样。

阮修将钥匙和看电影的钱揣在兜里。当然,他还随身带上了自己的防身武器。

——忘针。

只看形状的话,忘针很像手枪,不过忘针很安全,不会伤害任何人。忘针的弹匣,只能装人的头发。

这是阮修从他的一位前女友那里偷来的武器,那位前女友研究的正是人的精神与记忆。

"你看,假如把我的头发装进弹匣,再对你开枪的话,忘针就会刺中你。"前女友比画着说道,"这样一来,我在你脑海中的所有回忆，就会完全消失。"

"给对方打一针，就能让对方彻底忘记自己？"阮修有些兴奋。

因为，即使是他独特的"记忆变体"体质，也需要十五天的金蝉脱壳期，而忘针的话，只要一瞬间，就能……

"怎么，你想试试？"

前女友摆出冷艳的表情，扶着眼镜，单手举起忘针，摆出要给病人注射的姿势，叉腰伫立在阮修面前。

这吓得阮修连连摆手："你说，为什么只用一根头发，就能让人忘记一切？"

前女友弯下腰，长发轻轻下垂，遮挡住她的半张脸。

阮修透过薄薄的镜片，注视着对方的双眼。她的眼中，微微闪烁着魅惑的光泽。

"忘针能够分析出毛囊中所含的人体基因。基因多么玄妙啊，你说，在你的脑海中，关于我的回忆，会不会也在受到我的基因影响？"

"当我记住你时，我的回忆，会不会因为你的特殊体质而受到影响……"

换了别人，肯定会把这种言论当成儿戏，可对阮修来说，这句话却正巧击中了他的内心。

忘针可以理解自己的孤独，阮修是这么想的。

于是，在离开这位前女友时，阮修悄悄偷走了忘针。

在逃离她的这两个多月里，阮修亲手在其他女孩身上进

正式被确诊

行了实验。

忘针，是真的。

被忘针刺过的姑娘，在昏迷一个小时醒来以后，就完完全全地忘记了阮修的存在。

忘针能够强迫人们遗忘。

但是，阮修担心忘针会产生副作用。被刺中者，真的只遗忘了关于阮修的回忆吗？阮修无法考证。他只是个情场骗子，绝不是个穷凶极恶之人，他不可能给每个人都来这么一下，让别人去承受可能发生的过重伤害。

除非，这来势汹汹的顾月，她以命相搏，半点情面不讲，一条后路不留……

⚠6

怀里揣着忘针，阮修低着头，在翻滚着热气的街道上前进。

忘记我。

阮修急匆匆地低头看手表，一遍又一遍地确认时限是否已至。

不知道为何，他越来越紧张，商场的冷气也压不住他的虚汗，似乎攒动的人头之后，藏匿着那张时常在梦中出现的面庞。

电影全部满场，下一场得等到三个小时以后。

果然，临时起意看电影的下场，就是买不到票。阮修来看过好多次电影，早该想到这一点。

"那我再去别的地方看看。"

阮修长叹一声。时间在一分一秒地过去，他却感到愈发心慌。

不论是躲藏起来，还是挤进人群中，似乎总有一双眼睛，在默默地注视着自己。

阮修往人堆里钻，仓皇地推开眼前的每一个肩膀，不论男女老少。

要怎么样，才能在一双无处不在的眼睛注视之下，安全地度过这两个多小时？

乘上地铁，环游全城？不，带不进忘针。

坐上出租，满世界瞎转？没有手机，钱也不够。

步行或坐公交，把时间全耗完？这样暴露自己，一定会更危险。

这时，那双经常出现在梦中的双眼，又一次浮现在阮修的眼前。

忘记我，赶快忘了我！

阮修感受到冰冷的汗水顺着额角滚落，他越来越慌，就像猎物在即将被野兽捕食前一刻，内心生出的生理本能。

于是他疯跑起来。

人越多的地方，就越容易被抓，因为对方是女孩，只要她大喊一声"抓流氓"的话自己根本无处可逃。人迹罕至之处，虽安全却可能直接遭遇伏击。

而且在这种公共场合，取出忘针自卫，又必定会被大家当成坏蛋，给摁倒在地……

正式被确诊

虽然正站立在阳光之下,却仿佛身处满是摄像头的密室。

"谁?到底是谁?要跟一个寄生虫过不去!"阮修恼羞成怒,快将牙齿咬崩裂。

突然间,仿佛一道闪光穿过太阳穴,阮修愣在了原地。

如果真是顾月来找自己的话,那么就还有"一个地方"可以躲藏,可以不被任何人怀疑的,熬过这难耐的两个多小时。

那是个顾月绝对进不来的地方。

那个地方,就是……

"啊,以你的脑袋,果然也只能想到洗手间了。"

当冰冷的物体抵住后腰的时候,阮修才真正地感到了绝望:无论如何折腾,自己都不过是如来佛掌手里的孙猴子。

跑不掉的时候,就真是跑不掉,就连狼狈不堪地逃进男洗手间,都成了奢望。

半路截住阮修的女孩戴着口罩墨镜,看不清眉眼。只是,她的声音,阮修有些熟识。

"你到底是谁?"阮修举起双手,不敢用力回头看。

"找个安静的地方说话。"

⑦

唰啦啦。

电动安防门帘快速降下,一时间,屋里变得有些阴暗。

"我刚才在电影院旁边超市买的胡椒粉,看来派上了用

Chapter 07 寄生爱情

场。"姑娘摇晃着手中装胡椒的玻璃瓶,轻笑着,摘下了墨镜与口罩。

被耍了,阮修还以为那是什么武器呢。

直到这时,他才终于看清了对方的面容。那是一张令他无比意外的,温柔的脸。

"你……不是顾月,你是……"

对方轻笑了:"你记得我?"

"叶茗……那个科学怪人……"阮修支支吾吾地说。

叶茗,被阮修偷走忘针的姑娘。

出乎阮修的意料,那个如影子般追逐自己的人,居然是叶茗。

"大浪子还能记得我的名字,我是不是要感谢你?"叶茗冷哼一声,"两个多月里,我找你找得好苦。首先我必须警告你,这房间里有二十四个摄像头正对着你,一旦你敢对我做什么,记录着你暴行的录影就会在同一时间,发送至全世界各大视频网站编辑的邮箱里……"

阮修握住忘针的手,颤抖着松开了。

"叶茗,你怎么会知道我在哪儿?"

叶茗抱着双臂,似乎在沉思:"我找过顾月,听说你拿走了她的手机,她其实很早就定位了你的位置,只是,她似乎挺喜欢你的,想让这件事就这么算了。"

这就是宿主对寄生虫的仁慈……阮修紧张地揩去冷汗。

"可是,有件事不应该啊……叶茗,你怎么可能,还记得我?"

229

正式被确诊

"阮修,你是想说,自己拥有可以影响他人记忆的体质,对吗?你离开我以后,我就必须忘了你?"

叶茗说着,从腰间取出了她常戴的眼镜。她轻轻点击眼镜上的按钮,眼镜镜片的内部竟然开始播放起了录像。

"你看,假如把我的头发装进弹匣,再对你开枪的话,枪的忘针就会刺中你……这样一来,我在你脑海中的所有回忆,就会完全消失。"

眼镜里传出了叶茗的话,阮修似曾相识。

"给对方打一针,就能让对方彻底忘记自己?"是阮修的声音。

"怎么,你想试试?"

"你说,为什么只用一根头发,就能让人忘记一切?"

……

原来,在与阮修交往时,叶茗录下了两人每次对话的场面。

这样,即使阮修带着忘针一同消失,只要叶茗重新翻看起过去对话的录像,阮修那金蝉脱壳的体质,就完全失效了。

"说起来,我真的是因为喜欢你,才想记录下与你的回忆,没想到,竟是在这种情况下,派上了用场。"叶茗摇了摇头,笑得有些哀伤。

"你还真是……缜密。"阮修半天憋不出一个形容词。

"阮修,你的能力应该是当他人在一段时间内看不到你,关于你的所有回忆,就会在那人的脑海中消失,对吗?"

叶茗真的很聪明,已经猜到八九不离十了。

"你在交往时,就已经知道我的秘密了?"

叶茗不置可否,坚定地伸出手:"把忘针还给我,阮修,那本来就是我的东西。"

"忘针对我有用。"阮修叉起腰,想赖账了。

"不给我的话,你会死。"

阮修冷笑道:"你敢威胁我?你忘了,这个房间里有多少摄像头来着?"

"说句实话,我这些天一直在找你,本来就是为了救你,"叶茗叹了口气,"你想过没有,这世界上,拥有'记忆变体'体质的人,不止你一个。"

"你想说,你也有'记忆变体'的体质?别人对你的回忆,也会发生奇怪的改变?"

"我的这种体质,要比你的可怕多了。"叶茗的眉宇间,染上点点哀愁,"记住我的人,如果不能及时忘记我,他的精神,将会被脑海中那些与我有关的回忆,全部侵蚀掉。"

阮修不自觉后退了一步,问道:"什么意思?"

"简单来说,同为'记忆变体',想要记住你的人,会难以自制地将你遗忘。而那些记住我的人,会被关于我的记忆侵蚀精神,甚至影响生命。

"当你见过我的样貌之后,我的外形,我的脸,会如同寄生虫一样,寄生在你的脑海中,啃食你的精神。

"我猜,在逃离我的两个多月里,你一定常做噩梦,对吗?

正式被确诊

因为你的精神,已经开始被回忆所影响。

"若你继续放任关于我的记忆在脑海中寄生下去,你的精神,将会被'与我有关的回忆'侵蚀殆尽。"

阮修急得直跺脚:"那你也太危险了!"

"没错。因此,从小我就是在实验室中长大的,我从没见过自己的父母。

"后来,实验室的人告诉了我所有的秘密。

"那以后,我废寝忘食地沉浸在了对记忆与精神的研究之中,我开发出了忘针,就是不想让任何人因我而死。

"阮修,你是第一个,跟我有类似宿命,也看清过我的脸的人。

"对我来说,你无比特殊。我多想,从未见过你,从不认识你。"

叶茗说罢,低下头长叹一声。

阮修这时终于明白过来,假如不忘记叶茗,那么自己就可能会被脑海中"关于叶茗的记忆"完全毁掉。但对于阮修这种寄生虫来说,关于宿主的回忆,实在是太珍贵了,哪能轻易舍弃?

"叶茗,你从小到大,岂不是活得好累?在别人眼中,你就是魔女。"

叶茗沉默了片刻,抬起头,直视阮修的眼睛:"所以,可以把忘针还给我了吗?"

"已经……没有别的办法了吗?我根本不想忘记你。"

昏暗中,阮修可以看到,叶茗的眼眶亮闪闪的。

Chapter 07 寄生爱情

"除非忘记我，否则那些正在侵蚀你的噩梦，将永远不会消失，它们一定会在你的回忆与精神之中，肆无忌惮地扩张。"

对阮修来说，忘记一个前女友的损失固然巨大，但是，在求生面前，这实在是微不足道的代价。

"那好吧。"思考许久之后，阮修犹犹豫豫地递回了忘针，"那我只能忘记你了，真的很抱歉。"

接过忘针时，叶茗有些哀伤地笑道："果然，对你来说，还是保命重要。"

"嘀"的一声，整个房间瞬间亮了起来，两人沉浸在明亮的白光之中。

在阮修惊愕的注视下，叶茗从腰间的包里，翻出一个透明的密封袋。

密封袋里，装了好多头发。

△

"你拿这么多头发做什么？"阮修惊慌道，"忘记你，不是只需要一根头发吗？"

叶茗点点头："其实，一次用很多根头发也是可以的。很多根，就代表很多人。"

阮修一时间大脑空白："很多人？那些都是谁的头发？"

叶茗莞尔一笑："当然是你前女友们的，一个都不落哦。"

呆立片刻之后，阮修突然间狂吼了起来："你怎么会有

233

正式被确诊

她们的头发……不对，你为什么要……难道说，这些日子，你都在算计我？"

叶茗将头发一点一点塞进忘针的弹匣之中，白光里，她的身形更显冰冷神秘。

"在与你交往时，我就发现了你拥有'记忆变体'的体质，因此，我悄悄追踪了你所有的聊天记录与电话记录，幸好，你有喜欢收藏前女友信息的习惯，我这才没有漏掉一个人。

"你带着我的忘针逃走后，我猜到，你肯定会长期被噩梦困扰。因为忘针的制作材料里，含有会影响人精神与记忆的物质。这样一来，如果有人偷走了忘针，那个小偷早晚会被他手中的忘针所害。忘针必须密封在特殊材料的箱子里，这也是忘针的保护机制。

"我利用追踪你得来的各种线索，去各地找到了你所有曾交往的前女友，帮助她们逐一回想起了一切，直到半个月前，我又找到顾月，那时，我已完全将你定位，就等你露头，彻底抓住你。若不把你引到公共场合，我担心你会对我下狠手。毕竟，你的手里有忘针。

"在确定了你的手机位置没有发生任何变化以后，我大概能猜出来，你再次'金蝉脱壳'了。而且，你现在的目标应该非常明确，你已经隐匿了十四天零二十一个小时，对你来说，只要再混三个小时过去，世上就没人能记得住你。

"如果打发时间的话，我猜你一定会来这里看电影。因为，薄情男子的套路总是相同的，你曾经带过几乎每一任女友来这个电影院看电影，对吗？毕竟，这里离你家近，价格又便宜。

"前一任忘记你以后,你立马又能用相同的套路,去骗取另一个女孩的信任。

"为了抓住你,一个月前,我就在这里盘下了店铺,专门用来监视你的行踪。今天,终于派上用场了……"

"所以,都是你在算计我?"阮修感觉自己有些胸闷,"难道说,你根本没有'记忆变体'的体质?我噩梦里的幻影,都是因为受忘针的材料影响,还有我对前女友们的记忆……"

叶茗轻轻笑了。

"帮姑娘们回忆起你这个偷心贼可真不容易,你不仅偷别人的东西,还要夺走人家的记忆。对付你这样的坏蛋,就要用特别的手段。所以,我给了大家最后一个建议:彻底让你忘记对所有人的回忆,这对你来说,将是无比致命、罪有应得的惩罚。"

宿主的回忆,便是寄生虫的回忆。当寄生虫失去所有关于宿主的回忆时,其本身存在的意义,也会消失殆尽。

弹匣已经被前女友们的头发填充完毕。

所有人的头发。

所有人的基因。

所有人的回忆。

"叶茗,你疯了!你不能……"

叶茗笑了:"没事,打过这一针后,你就什么都不记得了。"

……

正式被确诊

△10

叶茗蹲着身子，在昏倒的阮修身边整整等待了两个小时，直到他重新睁开眼。

他的睫毛很长，在白光之中，阮修的瞳孔逐渐扩张，再缓缓收缩，它慢慢地上下左右游走，直到对上叶茗的脸。

阮修的表情有些痛苦，似乎在回忆。只是，他的所有努力，无异于想要在烂泥堆里扒出金子，最后只有两手空空。

阮修注视着叶茗的脸，嘴角颤抖着："叶茗？"他张开口，吃力地问道，"你刚才，对我使用了忘针？"

叶茗叹了口气，扶起阮修的身子："是啊，不过看来不行，你好像没有忘记我。"

"真的吗？"

叶茗关切地说："一起去吃个饭吧，你也好好休息一下，被忘针刺过可是很消耗精力的。"

"忘针不管用？可是我头有些痛，什么都想不起……"

阮修站直，吸了口凉气，摸着后脑勺。他想不起自己遗忘了什么。

唰啦啦，电动安防门帘又打开了，房间里显得更为明亮。

"阮修，忘针似乎已经坏了。"叶茗轻轻地挽住了阮修的手臂。

记住我，忘掉别人，只爱我一个……哪怕，你的回忆，全都被我侵蚀……

为了我病入膏肓，脑海里，只能有我的影子……

"阮修，我可是这个世界上你唯一的爱人，怎么会骗你呢？"

阮修挠着头，茫然地耸了耸肩，与叶茗一起走出了隐蔽的房间。

叶茗紧紧搂住身边的男子，想要一生一世都不放开。

"而且，你也是我唯一的爱人。哪怕被全世界遗忘，我也只想被你记住，你说，我怎么可能对你撒谎？"

虽然只是个感情骗子，但阮修也是叶茗这么多年孤独生活之中，唯一一个能够理解她，不会轻率地将她的研究视为儿戏的男生。

"没错，叶茗，你确实，是我唯一的女朋友……"

说到底，宿主，也会离不开寄生虫啊。

END

正式被确诊

【调查日记07】

调查对象：阮修/叶茗

调查结果：阮修偷取叶茗的技术成为感情骗子，而叶茗却因为阮修的一丝温暖无可救药地沦陷，宿主和寄生虫，谁能分得清楚到底是谁。

备注：阮修真的忘了吗？

获得道具：忘针代码。

"病变测试卷"

※测试日期:
※打开一个MBTI测试,写下你的测试结果:
_____

1.你现在的精神状态属于下面哪种?
A.一切正常　　B.即将发疯　　C.发疯很久了,发疯使人快乐

2.用一个词来形容你日常的状态,你会选择?
A.牛马　　B.烂泥　　C.可云

3.下面哪个表情包是你聊天时频繁使用到的类型?(可多选)

A.　　　B.　　　C.　　　D.

E.

4.你是学生党还是上班族?
A.学生党(跳转到5)　　　B.上班族(跳转到6)

5.你觉得你上学的状态适用于下面哪种?
A.按时作息,劳逸结合　　B.主打一个随性,快乐就完事了
C.起得比鸡早,睡得比狗晚

6.你觉得你上班的状态适用于下面哪种?
A.三点一线,平平无奇　　B.佛系人生　　C.怨气能养活一万个邪剑仙

7.当一天结束时临时收到另外布置的任务,你会?
A.麻木了,平静接受　　B.摆烂直接不干
C.阴暗扭曲背地发疯,跟伙伴一起吐槽

调查日记06

调查对象： 张小盒

调查结果： 为了成为天才作家，用自己的时间为代价换取天赋，可怜又可悲。

备注： 所以陈彦就是那个预言里的猴子？ <u>请给出你的回答。</u>

该病患是正常人还是病变患者： 正常人☐ 病变患者☐

调查日记

调查日记07

调查对象： 阮修/叶茗

调查结果： 阮修偷取叶茗的技术成为感情骗子，而叶茗却因为阮修的一丝温暖无可救药地沦陷，宿主和寄生虫，谁能分得清楚到底是谁。

备注： 阮修真的忘了吗？ <u>请给出你的回答。</u>

该病患是正常人还是病变患者： 正常人☐ 病变患者☐

调查日记01

调查对象： 秦臣

调查结果： 胧质对话让他和失散多年的弟弟联系上，改变了弟弟不幸的命运，但同时也激发了他内心的阴暗面，操控着弟弟做了许多不好的事。

备注： 现在的哥哥到底是秦臣还是谢三思？一切的真相是什么？女记者为何失踪了？
请用弟弟(谢三思)的视角，整理这个故事的来龙去脉。

该病患是正常人还是病变患者： 正常人☐ 病变患者☐

调查日记02

调查对象： 何文心

调查结果：
　　因为妻子出事造成严重心理创伤，在注射人格病毒后，出现妻子的人格。

备注： 可是为什么最后何文心还是会看到崔大爷？ *请写下你的猜想。*

该病患是正常人还是病变患者： 正常人☐ 病变患者☐

调查日记03

调查对象： 陈天

调查结果：
　　因为原生家庭问题造成心理创伤，性格孤僻，有反社会倾向。

备注： 所以小美究竟是怎么死的？ *请写下你的推理结果。*

该病患是正常人还是病变患者： 正常人☐ 病变患者☐

调查日记04

调查对象： 32号病人

调查结果：
　　重启者利用自己的特殊能力谋私，不惜害死自己的妹妹，窥探者为了复仇，用重复死亡来报复他。

备注： 最后那句话是什么意思？ *请给出你的回答。*

该病患是正常人还是病变患者： 正常人☐ 病变患者☐

调查日记05

调查对象： 陈剑

调查结果：
　　哥哥成为植物人，让弟弟分裂出了第二人格保护自己，为了让哥哥的遭遇被世人知道，弟弟化身为小偷偷画引起...

备注： 一切都是第二人格陈伟做的？ *请给出你的回答。*

该病患是正常人还是病变患者： 正常人☐

病历档案

01

病变患者：何文心

病变级别：R

病变起因：陈谙

病变情况：

　　病人因妻子意外离世而自责，造成严重的心理创伤，选择封闭自己的精神世界，逃避现实，在给自己注射"人格病毒"后发生病变，其症状表现为幻想出其他人格活在自己的世界里。

备注：

　　暂未发现潜在危险，建议多观察。

诊断结果：

正式被确诊为 INFP

绝★密

绝密资料，严禁外传。

病历档案

02

病变患者：苏天

病变级别：EX

病变起因：缺爱的童年

病变情况：
　　病人有虐待和反社会倾向，情绪痛苦时，伴有解离症状，呈边缘型人格特征，缺少稳定的情感控制和判断，对他人的反应极度敏感、脆弱，过度地依赖于某一个理想化的客体关系，一旦破裂，则走向完全不信任的一端。缺少安全感，孤独感强烈……

备注：
　　(极其危险)，非必要情况下不要与该病人产生任何联系。

诊断结果：

正式被确诊为 I 人

绝★密

绝密资料，严禁外传。

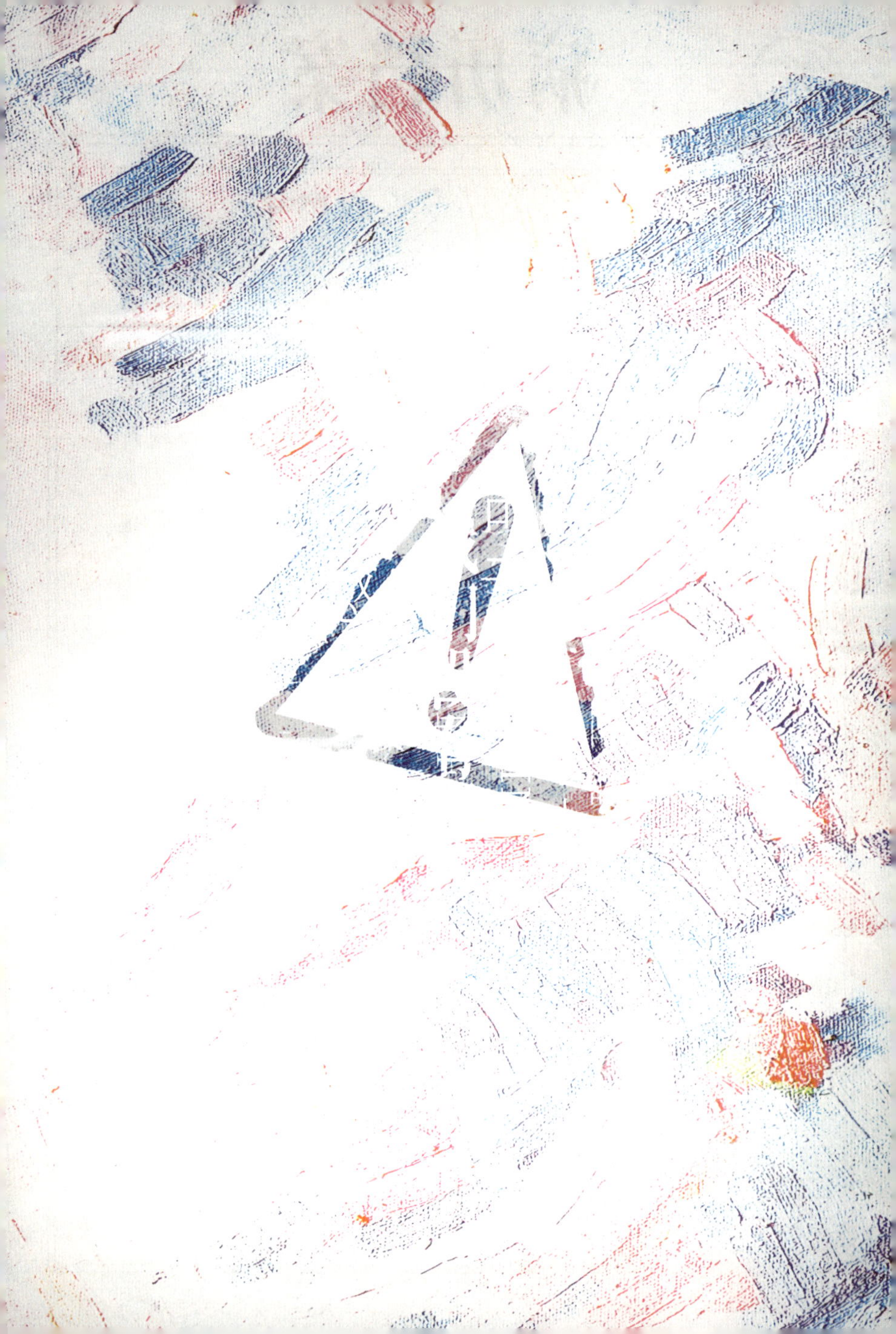

病历档案

03

病变患者: 谢三思（秦臣）

病变起因: 秦臣

病变级别: EX

病变情况:
　　病人身体内疑似存在两个人的意识，一个是哥哥秦臣，一个是弟弟谢三思。弟弟因为童年的不幸遭遇异常依赖哥哥，甚至不惜伤害一切来靠近他哥哥，而哥哥也疑似利用弟弟的这种依赖，做了许多不好的事。到底是弟弟主观上的恶造成的这一切，还是弟弟一直以来就被哥哥洗脑操控了？还未研究清楚。

备注:
　　暂不清楚主意识是谁，最好不要过多接触。

诊断结果:

正式被确诊为哥控

绝★密

绝密资料，严禁外传。

病历档案

（04）

病变患者：32号病人	病变级别： SR
病变起因：妹妹	

病变情况：

　　病人在妹妹溺水意外后发现自己拥有可以重启时间的能力，并利用这种能力满足自己私欲，更是丧心病狂到利用自己妹妹的死来获得巨额赔偿，最后被窥探者所报复，在同一天里重复死亡，长期下来精神失常。

备注：

建议单独隔离。

诊断结果：

正式被确诊为精神状态不稳定

绝★密

绝密资料，严禁外传。

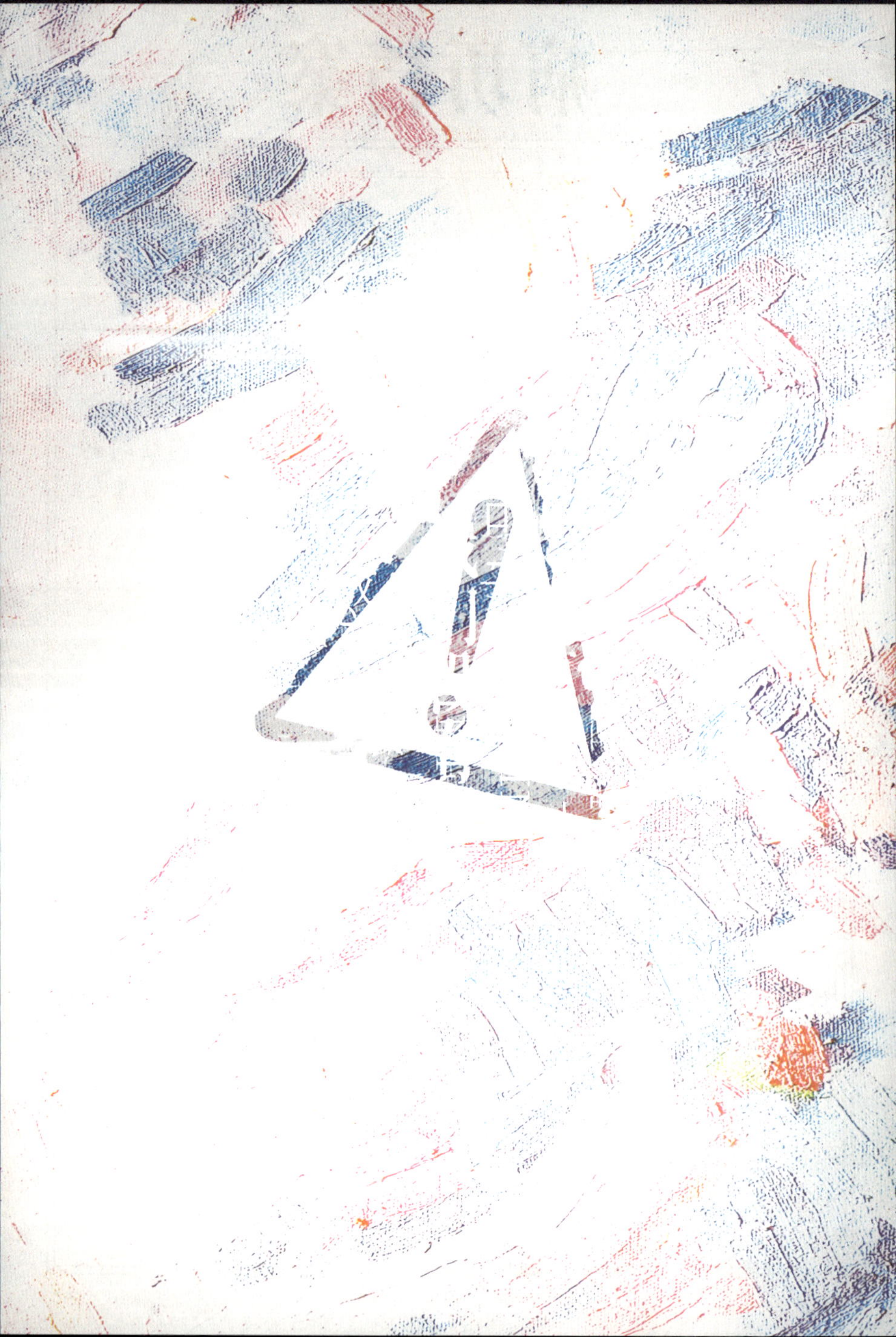

病历档案

(05)

病变患者：张小盒	病变级别： R
病变起因：陈彦	

病变情况：

病人因为没有天赋，所以选择利用猴子收回的天赋来完成自己的作家梦，以时间为代价，换取成为天才作家的机会。

备注：

给他一个打字机。

诊断结果：

正式被确诊为吗喽

绝★密

绝密资料，严禁外传。

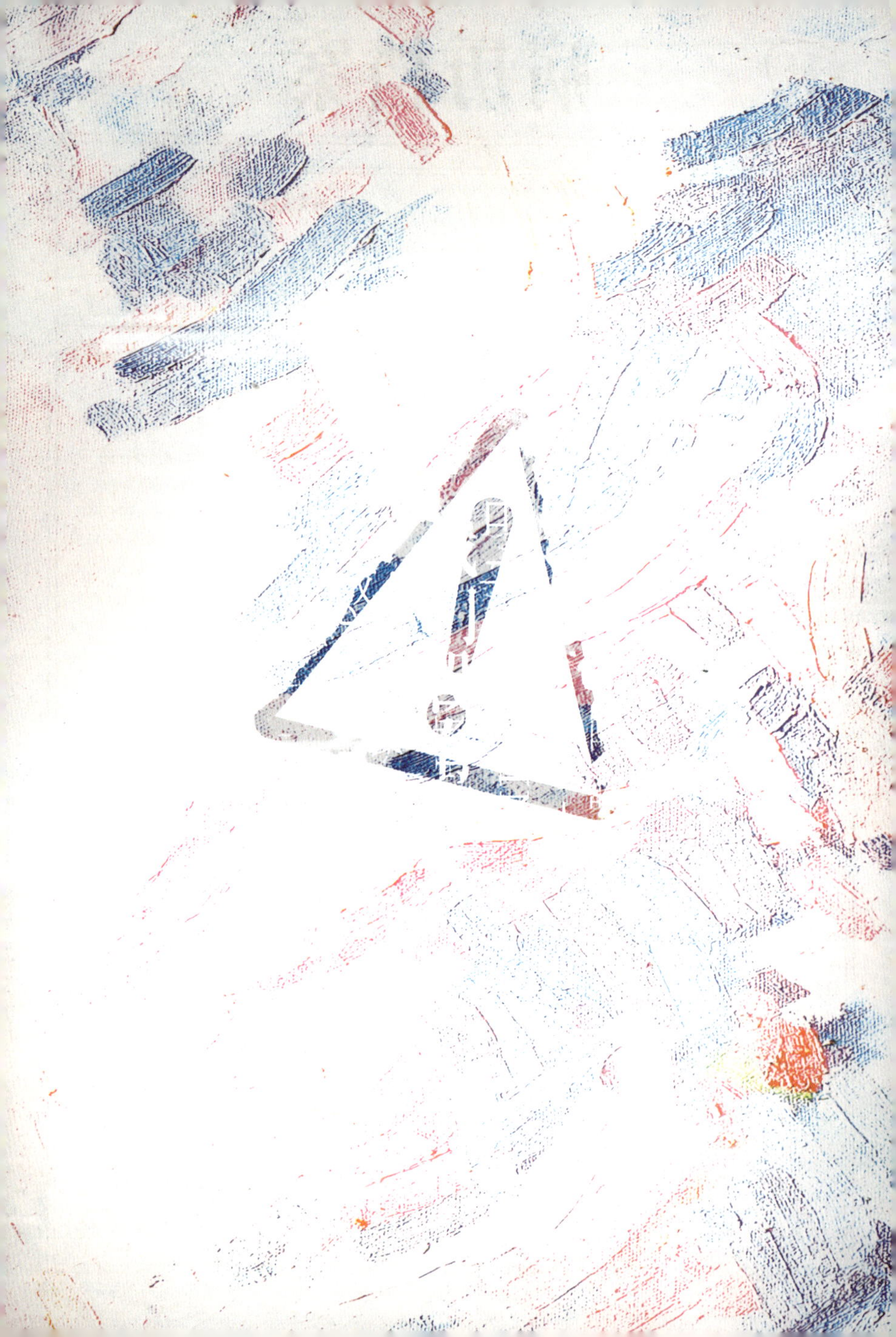

病历档案

(06)

病变患者：陈钊

病变级别： R

病变起因：陈伟

病变情况：
　　病人的哥哥遭受故意伤害成为植物人，病人性格懦弱，为了保护自己分裂出第二人格哥哥陈伟的人格。为了让哥哥的不幸遭遇被世人关注引发舆论甚至是翻案，弟弟利用第二人格来偷窃哥哥的画，故意被警察抓住。

备注：
　　(无危害)，当正常病人来看待。

诊断结果：

正式被确诊为偷感

绝★密

绝密资料，严禁外传。

病历档案

(07)

病变患者：阮修/叶茗	病变级别：

病变起因：感情

病变级别：R

病变情况：
　　这两位病人有些特殊，一方没办法离开另一方，在感情上彼此寄生。男病人的情况相对好点，就是偶尔会做噩梦，疑似忘针的后遗症；女病人的情况比较复杂，可能因为童年的遭遇，在感情上十分依赖男病人，对男病人有很深的执念，这也难怪明知道对方是感情骗子，却还是义无反顾地要跟对方在一起。

备注：
　　无特殊情况建议不要把两位病人分开。

诊断结果：

正式被确诊为寄生虫/恋爱脑

绝★密

绝密资料，严禁外传。

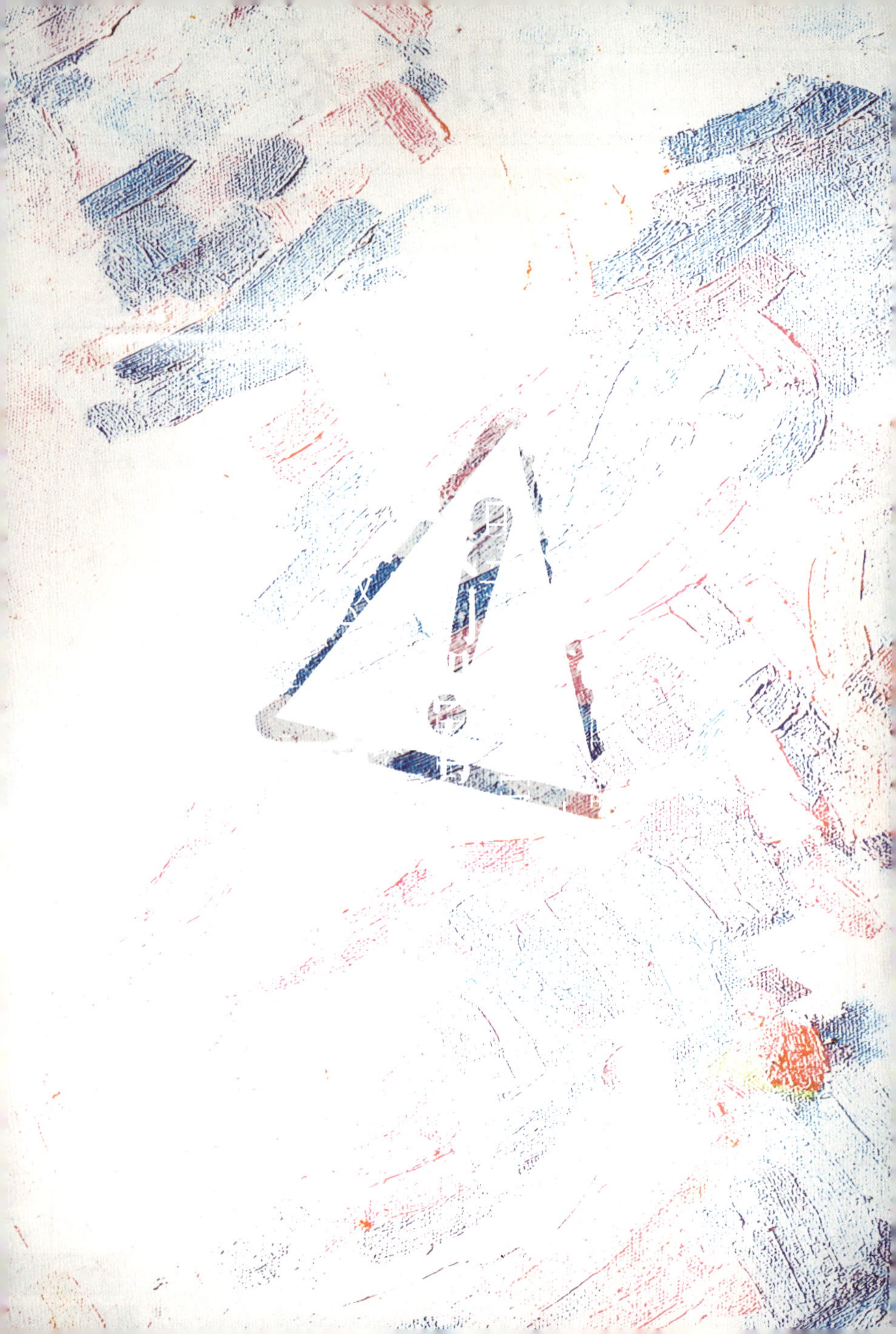

8.美好的周末突然收到要加班/补课的通知时,你第一反应是?

A.无所谓,习惯了　　B.装没看见　　C.立马破防并发表一万字生气感言

9.你会在网上跟人吵架吗?

A.never　　B.不主动吵架,除非有人故意抬杠

C.经常大战三百回合,不赢不罢休

10.你平时出门的穿衣风格属于下面哪种?（可多选）

A.有个人风格且多变　　B.怎么舒服怎么来

C.混搭,薅到什么穿什么　　D.非必要不会出门　　E.其他

11.休息的时候你会做什么?（可多选）

A.看书,学习　　B.逛街看电影,娱乐生活

C.宅家里睡觉啥都不干　　D.跟朋友一起到处玩　　E.其他

12.你对现在的生活状态是否满意?

A.满意　　B.还行吧,过得去　　C.不太满意

测试结果

选A较多： 你的精神状态很稳定,请保持,暂无病变倾向。

选B较多： 你的精神状态不太稳定,有病变倾向,必要时可在"病变收容所"直播间联系夏医生为你解惑。

选C较多： 你的精神状态已失控且发生病变,请联系"病变收容所",提前预约床位。

※以上结果仅供娱乐,切勿较真!

Sighting on 28/10/52